苏电文丛 第一辑

苏电文丛

忽有暖意
心上过

戎华 著

天津出版传媒集团

百花文艺出版社

图书在版编目（CIP）数据

忽有暖意心上过 / 戎华著 . -- 天津：百花文艺出版社，2024.1
（苏电文丛）
ISBN 978-7-5306-8686-7

Ⅰ . ①忽… Ⅱ . ①戎… Ⅲ . ①散文集－中国－当代
Ⅳ . ① I267

中国国家版本馆 CIP 数据核字 (2023) 第 228484 号

忽有暖意心上过
HU YOU NUANYI XINSHANG GUO
戎 华 著

出 版 人：薛印胜
责任编辑：赵世鑫
装帧设计：鸿儒文轩·书心瞬意
出版发行：百花文艺出版社
地址：天津市和平区西康路 35 号　　邮编：300051
电话传真：+86-22-23332651（发行部）
　　　　　+86-22-23332656（总编室）
　　　　　+86-22-23332478（邮购部）
网址：http://www.baihuawenyi.com
印刷：三河市华东印刷有限公司
开本：880 毫米×1230 毫米　1/32
字数：198 千字
印张：9.25
版次：2024 年 1 月第 1 版
印次：2024 年 1 月第 1 次印刷
定价：58.00 元

如有印装质量问题，请与三河市华东印刷有限公司联系调换
地址：三河市燕郊冶金路口南马起乏村西
电话：19931677990　邮编：065201

总　序

开拓文学之境，勇攀创作高峰

　　江苏省电力作家协会一次推出十位电力作家的十部文学作品，以文学丛书的宏大气势集中发力，进入社会和读者视野，可喜可贺！

　　这是江苏省电力系统学习贯彻习近平总书记关于文艺工作重要论述和党的二十大报告对文化建设新部署新要求所取得的成果。我们的作家深刻把握新时代文艺工作的定位和使命，增强文化自觉，坚定文化自信，站在为国家立心、为民族立魂、为时代立传的高度，以强烈的历史担当和瑰丽的文学画卷，充分展现新时代的精神图景。从这十位作家的十部不同题材、体裁的作品来看，他们都善于从平凡中发现伟大、从质朴中寻觅崇高、从自己融入人民群众的实践中发现真善美，用情用力地注重作品质量，形象生动地表现时代之美、劳动之美、自然之美、生活之美、心灵之美。品读他们的作品，能够触及作者的心声，感悟作者的心动，体悟作者为职工抒写、为人民抒怀、为事业抒情的生动笔触中的文字之美、语言之美、文学之美。在敬佩之余也深受激励。

这是实施"中国新时代电力文学攀登计划"、奋力推进新时代电力文学高质量发展在江苏电力落地的可喜成果。"中国新时代电力文学攀登计划"旨在不断推出优秀作家的优秀作品。江苏省电力作家协会集中推出十位作家的十部作品，体现了电力团体组织的工作成效，彰显了电力团体作家队伍中个体创作的丰硕成果，彰显了电力团体攀登进取精神。丛书题材、体裁多样，呈现出文学文本的丰富多彩性。小说故事情节跌宕起伏、引人入胜，人物栩栩如生；散文情感细腻、文笔清新，形散而神不散；诗作文采飞扬，飘逸灵动。十部佳作感情真挚，表达精练，文以载道，文以言情，文以言志。就像将各种水果收入果篮那样，一并奉献给读者，使人悦目娱心，精神振奋。值得称道的是，国网江苏省电力公司为江苏省电力作家协会营造了一种积极向上、团结和睦、共同进取的氛围，这种氛围，促进了电力文学的繁荣发展，促进了作家们相互学习、相互交流、相互激励、相互提高。

这套文学丛书的"闪亮登场"，给中国电力作家协会团体会员单位提供了可以效仿的榜样。阅览这十部出自江苏省电力作家之手的作品，不禁被江苏省电力作家协会的"倾情"、十位电力作家的"倾心"所感动：江苏省电力作家协会集中发力，倾情投入，邀请文学界知名作家、评论家、编辑家集中审读研讨、修改打磨书稿，最终推出一套优秀的文学作品，难能可贵。身在江苏省的电力作家肩负重任，一肩挑"本职工作"，一肩担"文学创作"之任务，深扎电力沃土，工作之余伏案笔耕，把自己生活中的积淀、对生活的热爱、生活中的感悟，化为文字，实属不易。组织的关怀、作家的付出都是值得的。

这套丛书为我们电力团体组织带来很大的启示：我们的文学创作者要准确把握时代命题与电力文学的关系，深入电力一线，把自己的思想、情感，同生活、同人民融为一体，做到"身入""心入""情入"，以独特的眼光洞察世事人生，以真挚情感投入作品创作，记录时代巨变、讴歌电力系统取得的成就和职工精神风貌，不断推出反映时代精神的电力题材精品力作，开拓电力文学新境界，攀登电力文学新高峰。这也是新时代对广大电力文学创作者的要求！

一次集中向社会、读者推出十位作家的十部作品，是中国电力作家队伍发展壮大的体现、取得的优秀成果的展示。这也是对中国电力文学、对中国文学的崇高致敬！

潘　飞

中国电力作家协会驻会副主席，《脊梁》执行主编

2023 年 8 月 31 日

代　序

诗意栖居　禅心清欢

读完《忽有暖意心上过》，夜行列车即将到站。车窗外一排排灯光倒向我心头。城市正在安静下来，归家的人们，大体是会回想一下一天的生活的。不过，记录下来，并形成系列文字的却不多。每个人都在感慨时间过得太快，回头却抓了个空。"我们无法掌握的不是未来，也不是过去，而是现在。"如果什么也把握不住的话，那么就回想心路历程吧。戎华的这本散文集，写了美食、佳酿、诗书画、四季风物，透过五颜六色、声香触味，我望见了从容与爱。

《忽有暖意心上过》由读书、感悟、生活、游记、植物五个篇章组成。郁达夫在《中国新文学大系·散文二集》中，将散文分为描写、叙事、说明、伦理四个类别。他认为，散文将更为直接地展示人的精神世界，没有思想升华的散文不是合格的文本。新时代经济社会发展，给散文创作带来生活化、思想化、长篇化的变革。展现当代生活图景，淬炼现实生活思想，成为当代散文的创作主题。戎华的散文在传承中创新，在创新中形成特色。读书中有生活，更有思考和感悟。比如："今日的早餐，吃了传说中的'荠菜煮鸡蛋'。"是"读书"中的一篇的开头；而"我最近迷上了《十三邀》"是"感悟"中某篇的第一句。这样的"混搭"极富艺术性，每篇都堪称美文。当下，虽然经过网络鼓噪后，一篇社交短文、一首限定短诗等都能被称为美文，但我仍愿意将冰心、徐志摩、叶圣陶、郑振铎等近现代文坛名家写的散文称作美文，戎华的散文与他们一脉相承，美文令人赏心悦目。人们通常说时间从指缝流走，我觉得时间从好文章的字里行间滑过。

戎华习练书法，临智永和尚书写的《千字文》、王羲之的《兰亭集序》等名帖，体会"墨分五色""计白当黑"。难道不应该以临帖乱真为目标吗？她说："我们每个人，都在烧炼自己的那一粒丹砂。尽力修炼，终得你的那粒丹砂。又红又圆。"她对文字把握精准，将恬淡的语言风格与富有跳跃性的节奏感相结合，使得散文的个性化、辨识度非常高。"阳春有脚，经过百姓人家。这是明代汤显祖的句子。"时间一瞬间被她拉回到四百年前，杜丽娘踏春后花园的那个春天。一字一句地扩展开去，就像串起一颗颗珍珠，呈现出一个情感与理性多维多层的丰富的世界。复旦大学张怡微教授曾指出，散文不能虚构。散文的创作过程是接受生活给你的答案的过程。用在戎华散文上，特别贴切。

《忽有暖意心上过》中的现实载体，是戎华诗意栖居的家，她称之为"林舍","林舍主人"即她爱人。散文集中讲述的故事、阐发的思想、描绘的日常，林舍是发源地。那里春有梅樱、夏开昙花、秋收金橘、冬赏墨兰，书香茶香酒香袭人，不时而食的美味，还有林舍主人一口"闽普"，都是林舍中的别样风景。林舍主人曾守夜直到昙花盛开，感慨道："昙花一现够长的啊。"《本来面目》中描述："他说这句话时，脸上有橘黄的灯光和缓缓的笑意，把我的心照得暖暖的。"这恐怕就是法国学者德·塞尔托所说的"在细微之处喃喃自语的日常生活"吧。林舍主人说："只恐夜深花睡去，故烧高烛照红妆。"此为苏东坡诗句。热爱生活的苏东坡是书中反复提及的人物，两相映衬，突出了"爱"是林舍生活之核心所在。《爱情是什么颜色的》介绍了美国女作家特蕾西·雪佛兰《戴珍珠耳环的少女》，作者说出了"爱情就是那块青金石的颜色，我心中最昂贵的色彩"。关于爱人，戎华用了一个温暖而形象的比喻："在好的爱情里，我们都是对方的蚌，又都是对方的珍珠。"《当你老了，爱情还在吗？》以《霍乱时期的爱情》为例，表达作者爱情观："不要简单地用'美好'来概括它，酸甜苦辣、平庸琐碎，是它的本质，一如生活的本来面目。"

诗情画意既要表达，还需要日常经营。东坡先生的养生方子、沈周的《溪山访友图》《东庄图册》、文震亨的《长物志》、赤木明登的《美物抵心》《造物有灵且美》，还有袁枚三十三岁致仕后营造的"随园"图景，都是林舍的规划设计理念之源泉。就拿林舍一家人喜爱的自酿饮料与果酒来说，就有"金橘清露"、橄榄酒、梅酒等。风格迥异的"黄冰糖软妹儿梅酒"与"黑糖硬汉梅酒"，让作者觉得"仿佛人生的清淡与浓郁两种滋味"。美味也是从辛勤劳作而来的，观金橘清露的制作："其实很简单。金橘摘下，用盐搓揉之后，再用水冲净，然后放在案板上拍一下像拍蒜一样，开口的金橘放锅里加入黄冰糖煮二十分钟，出锅。"对柴米油盐精心细腻地描绘，体现出林舍一家人对生活的尊重，对生命的敬畏。散文集里几乎处处有美食的影子，却不见饕餮大餐，腌菜、腌嫩姜、腌萝卜干、椒圈虾皮、扁豆炖南瓜等美味小菜的背后，是林舍主人高妙的烹饪技术。他把普通食材做成令人垂涎的美味。比如做面浇头："把鸡丁、花生米、黄瓜丁、虾皮炒熟，这些都平淡无奇，就是改良版的宫保鸡丁嘛，秘诀是放入了腌好的香椿段，最后再用调稀的甜面酱勾芡。"原本平常的一碗拌面便有了特别滋味，香椿段也是他腌的，甜面酱也是他调的。林舍主人调和的，在我看来，是生活的百般滋味。

　　散文集中的读书、感悟、生活、游记等内容都有对生命的思考。亚里士多德曾说："人生最终的价值在于觉醒和思考的能力，而不只在于生存。"戎华在静谧的书房里写字临帖，在人声嘈杂的地铁车厢听歌读书，在人间烟火的菜市场讨价还价，在林舍叠石流水间思考爱与生命的问题。她在"烟火的时间"里，来到一家乡镇小面馆，心中感到祥和满足，想到了伍尔夫、柏拉图和瓦尔登湖畔的梭罗，体悟到："惜物，才能获得深刻和长久的满足。"在《其中滋味，饮者自知》中，陪伴作者二十年多的作家庆山（以前的安妮宝贝）出版新书《一切境》，里面有这么几句话："人的情感关系有四种……这个分类里，世间男女百分之八十都是金字塔底部。"作者感慨："这本散文集里有很多话让我暗暗吃惊，不为别的，我以为这些话是我心里的，或者我曾与人谈论过，或者我曾体会过。我以为，这些都是自己内心里极私密的话呢。"随后，她发出"爱是世间最精深的修行之一"的感悟。在《一个女人的精神成长史》里，作者提出三个关键词：爱情、强大、变化，最值得回味的是"关于变化"。她提出问题："为什么人会越来越世俗势利？"她自答："因为入世渐深，经历太多。这点，男女都一样，真正是人之常情。"她表达的重点在于："真希望，通过岁月的打磨，让我们人性里的丰盛像钻石一样显现出多种侧面，用爱和美把我们整个人又琢又磨打造得熠熠生辉，充满丰富人性的光辉。"

游记、植物两个篇章同样不容忽视。她以散淡的笔墨描写旅行的意义："周遭安静。没人。只听到轰的一声，哗的再一声。不断重复。这是海浪拍打堤岸又退潮的声音。如此激情，如此丰盛，如此剧烈。"（《日本记·镰仓的声音》）她以拟人手法写植物："爱一朵花，何必问它开多久呢？宠它，爱它，就让它由着性子慢慢开吧。"（《白兰花》）散文集中还提到了两个可爱宝贝：妞妞和妹妹，着墨虽不多，但显露着作者对它们的宠爱："妹妹很会享受，有一次竟然把沙发上一个绣花垫子拖到了院子里草地上，趴在上面，慢慢地享受青梅。"（《梅酒》）

《忽有暖意心上过》，这个"暖"字有什么深意？读完这本散文集后，我想读者会有各自的答案。我的答案是：有爱的生命，充满暖意。

王啸峰

著名作家、中国电力作家协会副主席、江苏省电力作家协会主席

2023 年 8 月 17 日

目录

读　书

感　悟

生　活

读

书

爱情是什么颜色的

"云是什么颜色的？"

"白色啊，先生。"

他微微扬起眉毛。"是吗？"

我望着它们。"有点儿灰灰的，可能要下雪了。"

…………

突然间我懂了。……

"有一点儿蓝色，"……"而且——也有黄色。还有
一点绿！"……虽然我这辈子不知道看过多少云，但此
时却仿佛第一次见到它们。

这是小说《戴珍珠耳环的少女》里的一段对话，发生在女仆
葛丽叶和她的主人、画家维米尔之间。这段话让我很是着迷，云
的颜色竟然如此丰富。

　　1665 年，荷兰画家维米尔创作了一幅肖像画《戴珍珠耳环的少女》，后来被世人誉为"世界第二"肖像画。肖像画的世界第一，当然是全世界公认的《蒙娜丽莎》了。

　　蒙娜丽莎是熟女之美，有一种成熟的风韵和神秘的气息；戴珍珠耳环的少女却有一股青涩之美，她侧身回眸，眼神无邪又妩媚，线条柔和的脸庞散发着光晕，朱唇微启似乎在诉说着什么。如果说蒙娜丽莎宁静像植物，像一株丰美繁茂的正在开花的树，那么戴珍珠耳环的少女就像一只小动物，像一头纯洁的小鹿。

　　这幅画，令人难忘。

　　果然，三百多年后，美国女作家特蕾西·雪佛兰被这幅画深深打动，于 1999 年创作出版了同名小说。目前该小说已经被翻译成三十八种语言，可说是畅销全球。2003 年，同名电影问世，斩获多项世界大奖。

　　美的事物，有种神奇的魔力，能穿越时空，在世间不停地流转，让人念念不忘。

　　和小说一样，电影的开头是这样的：轻松愉快的音乐响起，伴随着好听的切菜声。洋葱、土豆、胡萝卜、紫甘蓝、生菜，色彩鲜艳的新鲜蔬菜被整整齐齐地放在盘中，阳光射进来，落在少女正在切菜的白皙修长的手指上。

　　来挑选女仆的画家维米尔指着蔬菜问："我看到你把白色的分开，还有橘色和紫色的，你也没有把它们摆在一起，为什么？"

　　"这两个颜色放在一起会起冲突，先生。"就是因为这个回答，让少女成了被画家选中的女仆。不言而喻，这个美丽的少女是有艺术天分的。

故事开始了，因颜色而起。

一个人的艺术天赋是藏不住的，显露在生活的方方面面。

维米尔的画室杂乱如工坊，堆满朱砂、绿松石、象牙……这些可不是杂物，而是等待研磨、溶解、勾兑的颜料。三百多年前的画家，在艺术创作开始之前，需研磨一块又一块的顽石。

画室是维米尔在家里唯一的专属领地，他甚至不让妻子进入。

书里写道：

> 我发觉自己很喜欢研磨他从药剂师那儿拿来的材料——象牙、白铅、茜草根、黄铅丹，看着自己制造出明亮而纯净的颜色。我发现把这些材料磨得越细，颜色就会越深。一块块粗糙、暗沉的茜草根，变成细滑的艳红粉末，接着再混入亚麻籽油，就是闪亮的颜料。制作颜料实在是一个神奇而美妙的过程。
>
> 他也教我怎么清洗材料，去掉不纯净的杂质，露出它们真实的颜色。我用好几片贝壳当浅盘，把材料放在里面一次又一次地冲洗，去掉夹杂的白灰、沙子或碎石，有时必须重复，多的时候达三十几次。虽然工作冗长而枯燥，但是当看到颜色在每一次冲洗后变得更为纯净、更接近理想时，我觉得非常满足。

此时的画室看起来像个工坊，维米尔带着女徒弟在劳作。只有一种颜色，是由维米尔亲自处理的，就是群青。因为制造群青的原料青金石非常昂贵，且萃取过程复杂。

　　为什么冗长而枯燥的劳动让少女觉得快乐和满足呢？她得到的奖赏是什么？"和他紧邻而站，且感觉着他的体温。"

　　多么卑微的感情！我听得见自己心里的叹息声。哪个人，没有经历过卑微到尘埃里的爱情？卑微的爱情会让人幸福吗？但是，不经历伤痛，又有哪个人愿意放弃自己爱的幻想呢？

　　她收拾主人的画室，跟他谈论对画的理解，彼此的情意在悄悄地、慢慢地滋长和萌发。葛丽叶的少女气息和艺术天分带给画家无尽的创作灵感。

　　他们隐秘的情感引起了别人的猜忌，甚至在中世纪的小城堡里流传开来，维米尔的岳母常常摆出颐指气使的神情，他的妻子对葛丽叶更是戒心重重，葛丽叶在维米尔家过得战战兢兢。

　　肉铺小伙计彼得对少女葛丽叶一见钟情，彼得极力劝说葛丽叶不要对维米尔有什么幻想，还是自己更适合出身卑贱的葛丽叶。

　　维米尔呢？几乎所有关于画家本尊的电影、小说，评论都用了一个词：懦弱。是吗？此处存疑。

　　故事在推进，颜色是故事发展的媒介。

　　这个故事，最吸引人的地方，就是隐忍的情欲。一次次的欲言又止、一次次短暂交会的眼神、一次次要碰没有碰到一起的手，宣示了彼此的心迹。仅此而已。

　　应投资人的要求，画家为少女画像。画完之后，画家和少女都明白，画上缺了点什么。缺什么呢？它需要闪亮的一点来抓住目光。画家看到了妻子的珍珠耳环。

　　看到没，还是颜色在推动故事。

　　故事的高潮终于来临：少女取下遮盖的头巾，露出金色的头发，让画家为她戴上珍珠耳环。他拿针刺破她的耳垂并为她戴上，左手食指摩挲她的唇瓣，她以为他会吻她，他却起身离开。少女流泪了。她曾拒绝为她的情人摘下头巾，因为包裹住头发的，不仅仅是一种宗教信仰，更是她内心的保守和童贞。画完这幅传世之作后，少女找到了她的情人——那个年轻的肉铺小伙计，实现了从少女到女人的转变。

当画家的妻子看到画上的珍珠耳环，俨然坐实了丈夫的出轨。正是这副耳环，让她暴怒，导致了葛丽叶的离开。

故事还没完。

十年后，画家生病去世，他在遗嘱中要求将这副珍珠耳环赠予少女。已是肉铺女主人的葛丽叶，将它卖了，换成二十个银币，交给自己的丈夫，还了当年画家欠肉铺的十五个银币。

故事的结局，我感觉十分解气。这个故事里的爱情，全是幻象。画家爱的，是一个美丽的肉体；少女爱的，则是一个不属于她的世界。维米尔哪里是懦弱呀，他只是自私，他只爱自己和自己的艺术。而故事的结尾，打破了幻象。

最后，还想讨论一下：爱情是什么颜色的？

在我眼里，爱情就是那块青金石的颜色，我心中最昂贵的色彩。维米尔从来不让少女碰这块石头。明白了吧？爱情从来只在势均力敌的人中间才发生。这个"势"，包括世俗社会和心灵世界的总和。

"天真的人们能够爱。"这是黑塞说的。爱常常是盲目的，爱是需要勇气的。单方面的奉献，成就不了一段爱情。所以，爱情是奢侈品，真的不易得到。如果一个人爱你，为了成全你，他会把自己变成一只蚌，用柔软的身体紧紧地包裹住你，哪怕你是一块顽石，他也能慢慢地把你变成珍珠。当然，他得忍着痛来成全你。在好的爱情里，我们都是对方的蚌，又都是对方的珍珠。

当你老了，爱情还在吗？

"我们这个年龄的爱情已属荒唐，"她叫喊道，"到了他们那个年龄，那就是卑鄙！"

（女儿）

"我唯一感到难过的，是没有力气用鞭子抽你一顿，那是你应得的，为的是你的无礼兼恶毒。"她说，"你现在马上给我滚出这个家，我以我母亲的遗骨发誓，只要我活着，你就休想再踏进这个家门。"

（母亲）

上面两段话，来自《霍乱时期的爱情》。小说里，母亲当时已经七十二岁，她的女儿也已是五十多岁的年纪。女儿不能接受和容忍母亲垂暮之年的爱情。

这段对话听起来十分耳熟，稍做修改，可以想象它发生在当下中国的家庭。然而，《霍乱时期的爱情》其实是一本魔幻现实主义小说，它的作者是鼎鼎大名的诺贝尔文学奖获得者加西亚·马尔克斯。也许马尔克斯的《百年孤独》更被世人熟知。然而，和马尔克斯本人观点一致，我认为《霍乱时期的爱情》是他最好的作品。

这本书的纸质书我读过好几遍，在旅途中看过原著改编的电影，一边跑步一边听过电台里的小说原著朗读。读过，看过，听过，这个故事于我，仿佛一个汁水饱满丰盈的苹果，吃起来津津有味。

是的，关于这本书，我的眼里和心里只剩下两张苍老的脸。

弗洛伦蒂诺·阿里萨用一生的时间，爱着费尔明娜·达萨。他一直保持独身，她则结婚生子。五十年过去了，当她的丈夫去世，他又再次出现在她的生活里。于是，才有了母女之间激烈的争吵。

在这个奇特的爱情故事里，爱情不涉及年龄，不关乎名分，不在乎身体和精神上的始终如一。他们的爱只不过是在年老、走向死亡时的一种相互依慰。或许，这是人类爱情的一种终极状态？

这本书里包含了繁复多样的爱情：暗恋，初恋，柏拉图式爱情，肉体欢愉的爱，禁忌的爱，背叛的爱，忘年之爱……其实，它不但是一个爱情故事，还企图对人生的各种爱情姿态做一次全景式的描述。

小说的结尾，特别有意思。

在只属于他们两个人的轮船上，他俯下身，想亲吻她的面颊。她却闪身躲开了，并且用沙哑而温柔的声音拒绝了他。

　　"已经不行了，"她说，"我闻起来尽是老太婆的味道。"

　　他战栗了一下：的确，她身上有一股上了年纪的酸味。但他还是自我安慰地想，他自己身上肯定也有同样的味道，而且还要再老上四岁。这是人发酵后的气味。两个人互相忍受，是因为彼此半斤八两：我的味儿正好与你的味儿相当。

　　每次读到这里，我都忍不住想笑。笑过之后，又觉得惶恐。

　　确实，人都会老的，渐渐变老，这件事是需要克服恐惧的。倒不是怕细纹爬满眼角，头发渐渐花白，而是生命中很多真相一旦到了眼前，你总是会觉得它好像突如其来、如此不堪。哪怕这种真相，其实已经在岁月里潜伏了很久，它是有备而来。

　　他们之间的感觉，并不像新婚宴尔的夫妇，更不像相聚恨晚的情人。他们仿佛一举越过了漫长艰辛的夫妻生活，义无反顾地直达爱情的核心。

　　马尔克斯的描述，相当理想主义。

　　小说终究是魔幻的现实。他们俩在船上挂起了表示霍乱的旗帜，余生将在海上漂流。

　　就是这么一个故事。即使在魔幻现实主义的小说里，爱情也要向现实生活挂起妥协的旗帜。

再说一个广为人知的爱情故事。和很多人一样，我先是看的电影《廊桥遗梦》，再读了小说原著。看这部电影时，青春年少，尚不知爱情滋味。故事里，两个五十多岁的中年人，邂逅于廊桥，展开一段四天的爱情。

故事情节简单，叙事节奏舒缓流畅，像一首田园诗，让人感受到了情欲世界的丰饶美好。他独身，她有一个平凡的农夫家庭。

惊鸿一瞥，终究无疾而终。

年轻时，为故事的主人公遗憾：为什么他们没有勇敢地追寻自己想要的生活？人至中年，却暗暗庆幸他们维持了生活的原貌。在人生的路上，带着那么多新得到的东西，该多累啊！越来越少的装备和负累，才是漫漫人生路的智慧显现啊！

《廊桥遗梦》。四天的爱情。

当你老了，还能有爱情吗？

　　我相信爱情。历代以来与爱情有关的浓词艳篇读了不少，读到的大多是爱情的缠绵、爱情的疯狂、爱情的诞生和爱情的灭亡。

　　……白发爱情，它不具备什么美感，也没有悬念和冲突，被唯恐天下不乱的文人墨客有意无意地疏漏了，但我肯定这样一种爱情随处可见，而且接近于人们说的永恒。

这是苏童《苍老的爱情》里的文字。讲的是一个老人在妻子去世的第二天便自然死亡，随着她一起离开人世的真实故事。

　　这个平淡的故事里有人间至味。到了有老人味儿的年龄，爱情还在吗？生命从繁花锦簇到枝叶凋零，是个不断做减法的过程。苍老的爱情，褪去了神秘和浪漫的外衣，已经与生、老、病、死相连，成了生命里既平淡又坚强的一部分，是一缕正在萎去却不灭的烟火。不要简单地用"美好"来概括它，酸甜苦辣、平庸琐碎，是它的本质，一如生活的本来面目。

　　只是，真实、可亲、可信，所以可敬。

　　人们总是说，爱人最终会变成亲人，爱情最终会变成亲情。我不信。无论何时何地，爱情就是爱情，请务必用自己的方式保管它、守护它。

没有完美，只有日常

一家人在吃晚饭。父亲用筷子指着母亲，说她"全身连一根优雅的骨头都没有"。他带她去听音乐会，她总是睡觉还打鼾。

母亲气定神闲地反驳：他那么多的唱片只是装饰，很少听还占位置；他虽然是个医生，但是已经退休了，也就没必要总是说自己很忙。

当儿媳妇问道：你们俩有没有共同喜欢的歌曲？

父亲果断地说，就没这回事；母亲却自然地说有。当熟悉的音乐声响起，父亲埋头吃饭，一脸尴尬，再也不说话了。

当母亲去浴室为父亲送换洗衣服的时候，语气平淡地说出多年前一个遥远的深夜里，她听到了这首歌，唱歌的人正是父亲，而他当时正在别的女人的屋里。

在此之前，她什么也没说，只将这首秘密的歌反复地听。而她的丈夫，显然不知他的出轨早就被她发现。两个人就是这样互相嫌弃又互相扶持地过了大半生。

这是日本电影《步履不停》里的一个桥段。导演是大名鼎鼎的是枝裕和,日本当代最优秀的电影大师之一。这部电影是2008年上映的。

在这个超长的梅雨季,周末宅家,又再次看了这部老电影。前段时间,刚刚读过他写的三本书,分别是《步履不停》《小偷家族》和《比海更深》。这三部小说都被是枝裕和拍成了电影。在我看来,是枝裕和最好的电影,大多来自于他自己的小说。

看过是枝裕和的电影之后,你就像喝了一杯好茶。觉得有点儿寡淡,有点儿苦涩,回甘却持久不散。电影里的人物,仿佛有你身边人的影子,家庭看似美好却有摩擦,婚姻看似幸福却有暗流,事业看似稳定却有不顺。

没有完美,只有日常。

在中国,很多人喜欢是枝裕和的电影。然而,日本人并不喜欢是枝裕和,知乎上有篇文章,叫《日本人为什么讨厌是枝裕和》。文章说:2018年,日本导演是枝裕和的电影《小偷家族》在戛纳勇夺金棕榈奖,按老派的话说,"为日本电影增光"之时,日本人民却发起了对这部电影和导演本人最猛烈的讨论甚至攻击,以致上升到政治层面。

看过是枝裕和电影的人都知道,他以家庭题材见长,关注底层生活,他描绘的并不是一个光鲜亮丽的日本。有日本人质问:日本明明是个拾金不昧的国家,是枝裕和为什么拍《小偷家族》,让日本人情何以堪?哇,"熟悉的配方,熟悉的味道",看来"键盘侠"的思维方式全世界都是通用的。

多虑了。

每个成年人，无论生活在世界何处，谁没见过生活的千疮百孔，但谁不是在负重前行？眼前有苟且，远方有诗意。

还是说说《步履不停》吧。长子纯平祭日，次子良多和姐姐千奈美带着各自的家人分别赶回父母家中，在不到一天的时间里，折射出家庭成员们各自一生的脉络。没有情节，却都是故事。细节，真的是魔鬼呢。

说三个细节。

百日红

我们中国人喜欢把它叫作紫薇花。院子里的一株百日红，是当年搬到这里时父亲亲手栽下的。已经有三十年了。父亲对这棵百日红特别珍爱，孙辈在院子里玩游戏，父亲都要大声呵斥，生怕碰坏了花朵。

是枝裕和大概偏爱夏天，他的电影，故事背景大多是夏天。《步履不停》自然也不例外。电影里不时晃过百日红的镜头，显得温情而美好。夏日，有紫薇花开，有浸在水里的冰凉的西瓜，有孩子们的喧闹，生活气息浓郁而温馨。孩子们出去玩，带回家一枝百日红花朵，母亲随手把它插在玻璃杯里。

电影是以次子良多的视角开展叙述的。当良多看到玻璃杯里的百日红，电影给了花儿一个好长的特写镜头。良多想起往事，小时候和哥哥姐姐一起摘下路边的百日红花朵，回家之后，母亲将它插瓶供在佛龛前。

不禁想起《海街日记》，是枝裕和的另一部电影，所有的故事都发生在海边小城镰仓的一栋老宅里。电影里不时有梅子树的镜头。梅子树是外婆在院子里种下的，已经陪伴过三代人。梅子树伴随着这个家四季流转，一家人看梅花开，摘梅子，做梅酒。就在老宅的地板下，贮存着不同年份的梅酒，甚至还有外婆亲手做的十多年的陈酿。

庭院，树木，花朵，果实。生活就是一蔬一饭，一家人围坐一起，在祖上传下来的宅子里安度流年。

这是属于东方的传统、温良的气息。

花朵，开在几代人的眼里心里。

十五年前长子纯平从海边救起的男孩

为了救落入海中的男孩，这家的长子纯平失去了生命。长子纯平是个优秀的医生，被父亲视为事业接班人。十五年过去了，当年落水的十岁男童，现已长大，他说自己"除了胖，一事无成"。

良多母亲仍旧要求小伙子每年来吊唁，于是他每年都要来表达自己的感恩，感受这家人的痛苦。救命之恩，慢慢变成了折磨人心灵的煎熬和负担。

良多要母亲放过这个可怜的胖小伙，母亲不愿意。小说原著里有这样一句话，是以良多的语气说的：母亲的语气倒像是在责怪我为什么无法了解她的心情。她自己可能还没发现，她的悲伤已经随着时间发酵、腐烂，成了连亲人都无法认同的样貌。

这个母亲，可以是我们每个人都有的母亲，她慈爱，她勤劳，她大度，她任劳任怨地操持着家。可是，她也有自己不能释怀的计较、怨恨、愤怒，堆积在心里隐秘的角落。在她的面前，如果我们简单地说起"慈悲""谅解"这样大而化之的词，是否也显得残酷？

对日本人性格做了最好解读的，至今仍然是美国人写的《菊与刀》。总的来讲，"菊与刀"极为精辟地代表了日本人的精神世界。日本人既好斗又谦让，既桀骜自大而又彬彬有礼，既忠贞而又心存叛逆，既勇敢而又懦怯。

当母亲温柔时，她是美好的菊；当母亲残酷时，她的心上有把刀。

我常常想，生活就像一片大海，亲情是救生圈，支撑我们浮浮沉沉。那些剪不断理还乱的家庭关系，是比海更深的存在。那么多的误会与谅解，那么深的亲情与宽恕，是伴随我们一生也不会消散的。

十五年来，救命之恩已然成了胖小伙的煎熬和负累。

黄蝴蝶

第一次出现是在母亲与良多一家扫墓归来的山上。母亲讲，经历过冬天而活下来的蝴蝶就会变成黄色。

第二次是蝴蝶飞到了家里。母亲把它当作了逝去的长子纯平的化身。

第三次是多年以后，良多一家为母亲扫墓的归途中。良多像当年的母亲一样，把黄蝴蝶的故事温柔地讲给小女儿听。

太阳底下无新事。

生活就是一代又一代人的轮回。

秘密是真的，宽容也是真的。

私心是真的，慈爱也是真的。

生活里总有一些人和事不断离开，虽然我们步履不停，却总也赶不上一些必然的逝去。

那么，我们唯一能做的，就是爱身边的人。用力爱，好好爱。

纵使我们步履不停，也赶不上某些人和事的离开。爱身边人，享受当下，是我们能做到的事。

那些我反复读过的书

　　有些书，几十年来，一直在读。虽然是读同一本书，可是自己却买了好几个版本反复读。即使这样，我还是常常会忘掉书里的内容。我于是惶恐并自责：再读再忘，读了还有什么用？

　　直到有一天，看到三毛的一段话：读书多了，容颜自然改变，许多时候，自己可能以为许多看过的书籍都已成过眼烟云，不复记忆，其实它们潜伏在气质里、在谈吐上、在胸襟的无涯，当然也可能显露在我们的生活和文字中。

　　这段话，其实我常怀疑不是三毛说的。但无论是谁说的，这段话让我如释重负，终于可以坦然面对自己的"不记得"。

　　这些反复读的书，第一次读像是如逢故人，每次再读又都像刚刚结识的新朋友一般让我兴趣盎然。后来才明白，这应该就是好书的特征。

《红楼梦》应该是绝大多数中国人从小就读的书。小时候，我家住供电局宿舍，有个邻居，在供电局工会工作。他只要在家，就画《红楼梦》连环画。后来，他出了十多本一套的连环画集。前几年，还听妈妈说起他，应该退休好多年了，他在为一个新建的寺庙画壁画，主题还是《红楼梦》。

我上中学的时候，语文课有篇课文是《红楼梦》节选。我们班上有个女生，当场全文背诵了黛玉的《葬花吟》。据说她的父亲是大学中文系的教授。这个作文写得特别好、出口成章、总让我羡慕嫉妒的女生，不知道为什么，后来大学却读了英文系。

我看的第一本《红楼梦》是全一册的，自己买的，花了五元钱，很心疼。书很厚，字很小，封面上写着"中国四大文学名著"。读中文系的时候，就是这本《红楼梦》一直在我枕边。工作以后，积累了很多不同出版社的各种新版本。这么多年，一直如此，每年都会挑个新版本拿出来再读一遍。

谈到《红楼梦》，或许大家想问：你最喜欢哪个人物？以前我喜欢黛玉，现在不喜欢了。目前最喜欢的人物，是老太太贾母。智慧通达、见过世面的老太太，懂生活懂人生，最关键的是，她有一颗慈悲心。是的，是"慈悲心"，不是"仁慈的心"。

在托尔斯泰的小说里，我最喜欢的是《安娜·卡列尼娜》。《战争与和平》只读过一遍，只约略记得大致的故事。可是，安娜，她陪我走过了人生最宝贵的年华。常读常新，至少应该完整读过十遍以上。

安娜着一袭黑裙出现的场景，永久奠定了我的审美观，在我心中是简约、优雅和高贵的象征；安娜的婚姻，让我知道了没有爱情的婚姻是牢笼，会困住你的身心；安娜的爱情，让我叹息，爱情不是人生的通行证，还要有诸多装备伴随，比如世俗智慧。

小说里另外有一条线，写到列文和吉蒂的农村生活。年轻时，看到这些篇章，我常常跳过去不读。近年来，我却陶醉于这些章节。列文既是知识分子，又是一个农场主。他放弃了城市回到农村，对于生活，他有一系列的思考：究竟那些是不是我的必需？那是不是一种符合我本性的生活？列文最擅长的生活在农场，他热爱农夫的生活，种田、养牛，经营农场。多么想像列文一样生活。

经过岁月的沉淀，于我，《安娜·卡列尼娜》这本书，已经像一棵冬天的大树，枝干清晰，没有遮掩。爱情，已然退场，而生活露出了本来面目。

对于人生中的各种故事和来来去去的生命过客，还是托尔斯泰说得对："此中没有是非之分，没有对错之分，只有一个人煎熬内心的不懈斗争。"

勇敢而无畏的赫思嘉，代表的是美国精神。

《飘》，在大学时代，我就看过好几遍。工作以后，会时不时拿出来读。它的作者，一辈子就写过这一本书。而凭这本书，就足以奠定她在美国文学史上的地位。

卫斯理，是小说女主人公赫思嘉爱慕或者说单相思的对象。年轻时候，我和赫思嘉一样，为他陶醉：贵族出身，家境富裕，热爱文学艺术，善良正直。那个时候，我以为这就是一个好男人的模板。

不知从什么时候起，我开始有点儿看不起卫斯理了。南北战争打响，卫斯理失去了他原有的生活。他既不会打仗，也不会干农活，更不能做生意。社会变了，他不会变通，固守他的贵族传统。于是，他只能靠赫思嘉的帮助与施舍生活。真是百无一用！

我觉得自己庸俗了、堕落了，怎么能只凭"有用无用"评价人呢？唉！

白瑞德船长倒是相当有用呢。他闯封锁线，大发战争财。战后，他成功地洗白了自己，又结交权贵，生意兴隆。他把女儿捧在手心，细心地操持家庭生活。赫思嘉和他结了婚，生下女儿，却没有获得幸福。

白瑞德船长能算个好人吗？年轻时，我每次读《飘》，都会问自己这个问题。时至今日，我想也不去想了。世上哪来纯粹的"好人"与"坏人"？

真实的人性，不能考验，也经不起放大镜的细细剖析。

《论语》。孔夫子。

作为一名读过中文系的人，完整地读《论语》竟然还是近两年的事。很惭愧。越读越想读越爱读。于是，反复读不断地读。孔子，大概全中国无人不晓。可是，真正完整深读过《论语》的人，应该并不多吧。

从前我心目中的"孔老二"是负面的，虽然我并不了解他。

近来我明白了一件事：当社会遭受巨大伤痛，并且不能自愈之时，会有两种极端情绪：一是不能从容理性地面对外面的世界，二是不能平静公允地对待自己的文化传统和民族性格。

再回过头来说孔子。现在才明白，对待孔子，要有两颗心：恭敬心和平常心。孔子一生不如意，哀哀如失群之燕，"累累若丧家之狗"。孔子和他的思想，真的伟大吗？既然伟大，为什么落得如此下场？我一直这么思索。

他是圣人，亦是凡人。他是个父亲，会叫住从他面前走过的儿子，问他，你读《诗》了吗？不读诗无以言；他是个温情的人，弟子读书，孔子弦歌鼓琴，他陶醉音乐可以"三月不知肉味"；他是个政治家，在他治下的鲁国路不拾遗，四方之客宾至如归。只是他怀才不遇，无法成就自己也无法成就社会。

《论语》集中体现了孔子的政治、审美、道德伦理和功利等价值思想，其实也在一定程度上反映了中国人理想的精神生活。《论语》里有一章，面对质疑孔子的人，子贡称赞他的老师："夫子之墙数仞，不得其门而入，不见宗庙之美、百官之富。"从中可以映现孔子的精神光芒。

所谓的君子藏器，谦让，平和，圆融，虽然一切都不彰显，但每当你仔细望向他，总能发现其中的美好。

在我的眼里，孔子就是这样。

毛笔落在纸上，墨渗开来，心便静了。

《千字文》，每天抄写若干片断，加之每天读它，它仿佛成了生活中平静而美好的一部分。

不必纠结《千字文》的历史和文学价值，它只是一本文字启蒙书，类似于《三字经》。

关于它的来历，有一个故事，很有中国特色：距今一千五百多年前，梁武帝萧衍为了教皇室子孙们学习书法，召来了当时文才盖世的大臣周兴嗣，对他说："卿有才思，为我韵之。"要他将一千个王羲之的字，编成一篇好读好记的有韵味的文章！周兴嗣连夜撰写，一夜而成这篇名垂千古的《千字文》。

《千字文》的一个重要的意义，是可以作为学习书法的范本。我最爱的是智永和尚的《千字文》。

阅读史，也是心灵史。看看自己最爱读的书，发现书里有一条路，叫作"归来"。

那些贤媛们

今天想说的，是一些女人的趣事。

之所以叫她们贤媛，不是她们才高或貌美或贤淑，而是因为她们有趣。

她们生活的年代，离今天至少也要有一千五百年，甚至是更久远。

《世说新语》把她们的故事记录了下来，历朝历代人都爱看，所以故事一直在世间流传。

《世说新语》里有则小故事，"卿卿我我"这个成语就是由此而来。

王安丰，就是"竹林七贤"之一王戎，鼎鼎大名的魏晋名士。他的夫人常常叫他"卿"，非常亲昵。我猜他虽然听了很享受，但又觉得有些不妥，于是就对夫人说：妇人以"卿"来称呼丈夫，从礼仪上说是不敬重，往后别这么随便喊"卿"。他的夫人听后不痛快了，用的却是撒娇的方式，这么说：我因为亲卿爱卿，因此称卿为卿；我不称卿为卿，那谁该称卿为卿……这段绕口令似乎有句潜台词：难道你还有别人不成？话里话外语带机锋，听起来既亲热又绵里藏针。王戎只得"从"了。从此，王戎的太太成日里"卿""卿"地呼来叫去，王戎也只好听之任之。

你看，王戎的夫人勇敢地向丈夫表达内心的情和爱，又聪明又自信，又娇憨又任性，实在是个玲珑可爱的可人儿。

其实，王戎也本是性情中人，"情之所钟，正在我辈"就是他说的。这样的两个性情中人，他们的生活一定是甜蜜幸福的。

《世说新语》里还有个关于偷情的故事，叫作"韩寿偷香"。

贾充，位高权重，是当朝司空。幕僚韩寿"美姿容"且才思敏捷。贾充的女儿贾午为他害了相思病，叫贴身婢女为他俩牵线搭桥，乃至闺房幽会。

过了段时间，父亲发觉女儿开始喜欢打扮，他又闻到韩寿身上有一种奇异的香气。这种香料珍贵稀少，但自家就有，他因此怀疑韩寿与女儿私通。假装府中失窃，他派人检查院墙，发现了疑点。于是贾充审问侍女，得知了实情。

过程很奇妙。请注意，这是非常现代派的"女追男"模式，女主动约男偷情，而且是女送男异香。整个恋爱过程都是女孩子主导的。

结局更奇妙。贾充知道了下属竟然翻墙与女儿私会，没有横加阻拦没有道德批判，反而秘而不宣地默许了他们的爱情，认可了女儿自己挑选的夫婿。结局皆大欢喜。

贾午偷异香赠情郎，情郎韩寿，却真正是个"偷香贼"呢。

好个贾午，正如《西厢记》里的崔莺莺，也如《牡丹亭》里的杜丽娘，为了爱情，可以不计后果地付出，为爱痴狂。孔夫子若是见了这样的女子，一定会谆谆告诫"发乎情，止乎礼"的。在贾午的身上，我见到了一个美好女性的自由、浪漫与尊严。

这类女子，看似柔弱，实际上啊，主意可大呢。贾午的运气真好。

今天，谈到美貌，大多数人想到的是美女，魏晋人谈到风姿时更多是指男性。不得不说，魏晋真是中国历史上一段特殊的时期，连空气中都弥漫着智慧、荒诞、虚无、深情的味道。

也许，魏晋是个"男色时代"。你瞧，嵇康"风姿特秀"，见者叹曰"萧萧肃肃，爽朗清举"；王羲之见杜弘治，也如迷妹一般叹曰："面如凝脂，眼如点漆，此神仙中人。"这里，赞美的可都是男子。

美男，让当时的女性集体疯狂。《世说新语》里有这么一段：潘岳妙有姿容，好神情。少时挟弹出洛阳道，妇人遇者，莫不连手共萦之。左太冲绝丑，亦复效岳游遨，于是群妪齐共乱唾之，委顿而返。魏晋时代的女性在"好色"这点上与男性不分上下。潘岳天生风流倜傥、神采照人，年轻时带着弹弓走在洛阳道上，妇女只要一见到他，都要拉起手来围着他看个不停。俨然就是现在的"追星族"。而大文豪左思呢，据说长得"绝丑"，他效仿潘岳逛街，结果是一群女性向他唾沫齐飞。这场面实在好笑，让人喷饭。

无独有偶。《世说新语》里还有段"看杀卫玠"的故事：卫玠从豫章至下都，人久闻其名，观者如堵墙。玠先有羸疾，体不堪劳，遂成病而死。时人谓"看杀卫玠"。卫玠到南京，一年就被生生"看死"。的确，即使现在，八卦也很难再有这样令人啼笑皆非的创意。"如堵墙"的观者里，一定有不少的社会各界妇女吧。

这些妇女，活得自由，活得奔放，活得有趣。她们生气勃勃，元气满满。

古代追星有多难？脚踏花瓣过河。就是这样子。

我常常想，古代为什么有那么多一见钟情的故事？是不是因为可选的对象实在太少？不少新婚夫妇婚前未曾见面，所以揭开盖头那一瞬，或有惊喜或有失望。《世说新语》里记录了一个新婚之夜，丑女与丈夫唇枪舌剑大获全胜的故事。

三国时候，许允娶妻，花烛之夜，发现女子"奇丑"，匆忙跑出新房，从此不肯再进。

许允妇是怎么说服丈夫的呢？当许允又进了新房，她拉住丈夫的衣襟，不让他走出新房。许允很烦她，就问：为妇应有四德，你具备哪些？许允妇说：唯缺容貌这一条。那么，士应具备的各种德行，夫君有几种？许允自诩"齐备"。许允妇不依不饶：你好色不好德，怎可说诸德齐备呢？至此，辩论以许允妇大胜而告终。

新婚之夜新郎不入洞房，新娘不哭不闹不急不躁，没有逆来顺受，也没有忍气吞声，关键时刻入情入理让新郎回心转意。许允妇有自知之明，又有知人之智。娶了这样的女人，实在是家门之幸！夫妻，就是对手。一招一式，都是功夫。过日子，就是练功夫呗。

　　关于这些奇女子——哦，不——平常女子的小故事还有不少。

　　身为女子，从女儿到妻子再变成母亲，三个身份的实现，大都在两个家庭之间完成。无论身处什么样的时代，女人应该拥有智慧，能够成为贤妻以及良母，是一个家的"定海神针"，并能够决定一个家庭的走向。

你的桃花源，长什么样？

今日的早餐，吃了传说中的"荠菜煮鸡蛋"。荠菜新绿温柔，仿佛给鸡蛋铺了个绿色的鸟巢。据说，这是上巳节风俗。是的，今日"三月三"，上巳节。

在古老的农耕社会里，这是一个美丽而滋养生命的日子。人们盛装春游踏青，沐浴熏香，喝酒行乐，向心中爱慕的人儿表白。酒神和爱神都在场。

一千六百多年前的今天，一个"天朗气清，惠风和畅"的日子，王羲之和他的一帮朋友们"群贤毕至，少长咸集"，他们在"崇山峻岭，茂林修竹"之间，喝酒吟诗，王羲之写下了千古绝唱《兰亭集序》。

永和九年三月三，这个被酒香墨香熏染过的日子，成了历史上人类生活的美好时刻。

回到现实世界的今天，春雨绵绵，又冷又湿。醒来，就不免要关心新闻。庚子年春天，全世界都病了，大萧条如山雨欲来，心下不免寒凉。

这样的时刻，心里好苦，真的需要一点儿甜。

有三本书，最近一段时间以来都在不断翻看。《论语》距今该有两千五百年了吧，《世说新语》距今至少一千五百年了，《长物志》距今差不多四百年。我翻了又翻，发现原来它们竟然有共同的基因和指向。从这三本书里，我开始自己的寻找和发现之旅。

孔子有弟子三千，出名的有七十二个，他最得意的学生，毫无疑问是颜回。孔子这么评价颜回的："贤哉回也。一箪食，一瓢饮，在陋巷，人不堪其忧，回也不改其乐。"这一段被选入小学课本，我们从小都会背诵。安贫乐道是孔子推崇的，不仅要"安贫"而且要乐在其中。

《论语》有一段记载：子在齐闻《韶》，三月不知肉味。在孔子生活的春秋时期，肉食珍贵和难得，并不是人人都能享用，它往往是上层阶级的食物。孔子在齐国学习了《韶》乐，竟然可以做到长时间不想念肉的味道，甚至是食肉而不知其为肉。在这里，精神享受完胜人与生俱来的欲望。

也许有人会说，孔子说过"食不厌精，脍不厌细"。是的，还有"色恶不食，臭恶不食。失饪不食。不时不食。割不正不食。"只是，这些是孔子对祭祀食品的要求，是"礼制"的要求。很多人断章取义，把它当作孔子对日常生活的要求。

孔子喜欢和学生谈理想，大家经常谈的也都是治理国家的"宏大叙事"，只有正在鼓瑟的曾点停下来，谈论关于春天的理想，他想和大家在浩荡的春风里沐浴，洁净自己，然后且歌且舞且行。孔子由衷地感叹，说这也是他自己的理想。曾点曰："暮春者，春服既成，冠者五六人，童子六七人，浴乎沂，风乎舞雩，咏而归。"夫子喟然叹曰："吾与点也。"

孔子的理想生活就是这样的。

这时候的孔子，和我们熟悉的那个站在河边感叹"逝者如斯夫，不舍昼夜"的是同一个人，他内心通透且诗意盎然。

所以，孔子是可敬的，也是可爱的。有很多人不喜欢孔子孜孜以求仕，也有很多人认为孔子迂阔不知变通。孔子活在他一以贯之的"道"里，他的"道"便是"忠恕"二字，他的"道"便是他的桃花源。两千年来，无论你愿不愿意或知不知道，他的"道"已经沉淀在你的血液里了。

《长物志》是一本古代士大夫生活美学的百科全书，内容涉及园林、建筑、家具、器具、饮食、旅行等方面。

它一点儿也不枯燥，相反非常有意思。它的作者呢，是个苏州有名的富二代，明代书画家文徵明的曾孙文震亨。文震亨是一个美学意义上的享乐主义者，他认为只有在物质的享受里，才能找到生活的意义。这里的关键在于，把生活艺术化。那么，在文震亨看来，美好生活需要什么样的物质铺垫呢？

他全书列出十二类物品，然后，再衍生和比较，罗列了二百六十种物品。

手中握有这样一份指南，就可以将文化的美落实到日常的生活里。

比如花木，他列出二十九种，具体讲解了种花在时间和位置上的变化。如他说，桃李不能种在庭前阶下，一定要种在可远观的地方。他以为玫瑰很俗气，只适合做食品；而对于萱花则非常喜欢，说它适合种在墙角、岩间。

《长物志》用它琳琅的物件，为那些热爱生活的人，在热闹的尘世间构造了一个桃花源。

日用之物和闲暇小物件，共同体现出了中国人对美好生活的向往。它告诉你，美好生活的具体样子。

古物之美。器物之美。我好喜欢。

在《世说新语》里，有"身无长物"的故事。

王恭从会稽回来，王大去看望他。见到座上有六尺长的竹席，便想要。王恭立刻把那张竹席送了过去。王恭自己没有竹席了，就坐在草垫上。后来王大听说了这件事，很吃惊，王恭对他说："你老人家不了解我，我做人从来不备多余的东西。"

原来，长物就是"多余的东西"。《长物志》正是由此得名。

我喜欢《世说新语》，因为它展现了人性之美。

王子猷是"书圣"王羲之的儿子。他为《世说新语》贡献了一个流传千年的任性故事。王子猷曾经暂时寄居在别人的空房里，随即叫家人种竹子。有人问他："你只是暂时住在这里，何苦还要麻烦种竹子！"王子猷直指曰："何可一日无此君！"

还是他，听说吴中有个士大夫家里有好竹子，他就去看。主人听过他的大名，急忙洒扫欢迎。他直接坐轿子到竹林观赏，流连半天，不和主人打招呼。看完叫人直接回去。主人气愤，关上门不让走。王子猷这才留步坐下，尽情欢乐了一番才走。

无独有偶，还有个关于王献之的故事。就是他，写的《中秋帖》被乾隆收入"三希堂"。王献之有一回到吴郡去看顾家名园，这个顾家是东吴数一数二的世族。王献之自顾自地游览，指点好恶，旁若无人。顾家此时正在宴客，让人把王献之一伙赶出去。王献之呢，根本也不计较。

现代人崇尚的雅痞作风，在一千五百年前就由王氏兄弟淋漓尽致地表现出来了。虽然做派不循规蹈矩，但对美的事物追求倒是可见一斑。每个人心里都住着"神兽"，只不过，他们总是让神兽出笼，而我们却将它们囚禁。

虽然社会纷乱，但这群人活得富于智慧又浓于热情，身处乱世，倒仿佛身处桃花源一般。

其实，不论身处何时何地，活出自我就是身在桃花源。《论语》体现了高尚美好的精神境界，《长物志》写出了美好生活的具体样子，《世说新语》则侧重表现了独特人物的独特性格。它们都构成了自我的桃花源。

你有自己的桃花源吗？它是什么样呢？

平凡与平庸

曾经以为不读书不足以了解人生，随着年龄的增长，我发现，如果不了解人生也是读不懂书的。

读大学的时候，在学校后门的地摊上买了一套《平凡的世界》，是有不少错别字的盗版书。很快读完了，故事的确让我感动。那应该是三十年前的事了。

2015 年，《平凡的世界》被拍成了五十六集的电视连续剧。同一年，清华大学校长向全体入学新生推荐了这本书。一时间，反响热烈。

在两个热门社交网站上，对《平凡的世界》有着两极化的评价。不奇怪呀，它是一些人青春岁月的记忆和证明；同时，它与另一些人"三观不合"，甚至毫不相干。

此番重读，有三个关键词凸现在眼前，鲜活地在我心中立了起来：读书，人情，政治。

　　"耕读传家"是古训，"读书改变命运"为大部分人所推崇。小时候的孙少平穷得吃不饱饭，穿衣也是破破烂烂，但是，他爱读书。他读的第一本书，名字叫《钢铁是怎样炼成的》。

　　书里写道：

　　　　有一次他去润生家，发现他们家的箱盖上有一本他妈夹鞋样的厚书，名字叫《钢铁是怎样炼成的》。起先他没在意——一本炼钢的书有什么意思呢？他随便翻了翻，又觉得不对劲。明明是一本炼钢的书，可里面却不说炼钢炼铁，说的全是一个叫保尔·柯察金的苏联人的长长短短。他突然对这本奇怪的书产生了强烈的好奇心……

　　　　他一下子就被这书迷住了。记得第二天是星期天，本来往常他都要出山给家里砍一捆柴；可是这天他哪里也没去，一个人躲在村子打麦场的麦秸垛后面，贪婪地赶天黑前看完了这书。保尔·柯察金，这个普通外国人的故事，强烈地震撼了他幼小的心灵。

　　孙少平突然感觉到，在他们群山包围的双水村外面，有一个辽阔的大世界。

　　从此，他迷恋上了小说，尤其爱读苏联书。他在学校和县文化馆的图书室里千方百计搜寻书籍。他只搜寻外国书和"文革"前出的中国书。这样的读书品位，相当了得！

　　班上组织大家学习《人民日报》社论的时候，他偷偷读《红岩》，被老师将书从课堂上收走，却又在教师宿舍还给他。

高中时，他结识了女同学田晓霞。高干子弟的她，成为他精神上的"导师"。孙少平本来就喜欢读书，后来受到田晓霞的带动，也爱上了每天读报，"而这个良好的习惯，以后不论在什么样的环境里，他都一直坚持了下来"。加上晓霞借他看的《参考消息》《各国概览》和《热爱生命》等报刊书籍，少平"被田晓霞引到了另外一个天地"。这仿佛给他相对封闭的世界开了一扇窗，射进了一道光，他看到了更广阔的世界。

去县城建筑工地当小工时，诗人贾冰帮他在县图书馆办了个临时借书证，这使他能像从前那样重新又和书生活在一起。晚上读书，使他的精神不致被整日劳动压得麻木不仁。他读了《牛虻》《马克思传》《斯大林传》《居里夫人传》。书里写道：他读这些书，并不是指望自己也成为伟人，而是他体会到，连伟人的一生都充满那么大的艰辛，一个平凡人吃点苦又算得了什么？

后来，读大学的田晓霞，又从学校图书馆为他借了不少书，狄更斯的《艰难时世》、列夫·托尔斯泰的《复活》、阿·托尔斯泰的《苦难的历程》等。

晓霞牺牲于洪水之中，少平在井下救人受重伤，他决定在煤矿干一辈子，《平凡的世界》三部曲终结。书中写道：少平去新华书店买了几本书，其中他最喜欢的一本书是《一些原材料对人类未来的影响》。

书，使农村的穷小子孙少平的人生不同凡响。只有读书，才能让一个人对世界了解得更广大，对人生看得更深刻。书读多了，他才有可能对自己所处的艰难和困苦有更高意义的理解，才会平心静气地等待欢乐和幸福的到来。

孙少平是个什么样的人呢？

书中有这么一段描写：

> 在双水村的日常生活中，他严格地把自己放在"孙玉厚家的二小子"的位置上。在家里，他敬老、尊大、爱小；在村中，他主要是按照世俗的观点来有分寸地表现自己的修养和才能；人情世故，滴水不漏。在农村，你首先要做一个一般舆论上的"好后生"——当然这是一个很含糊的概念——才能另外表现自己的不凡；否则你就会被公众称为"晃脑小子"！

这段话很实在，充满了"小人物的智慧"或者说是农民式的狡慧。

说几件小事吧。

少平去曹书记家箍窑做小工，小工人数已满，老行情都是两块一天，少平只要一块五，曹书记这才留下了少平。在曹书记家，除了分内的事，他还帮助这家人干另外一些活。比如有时担一两回水，打扫院子，给书记家两个上学的娃补习功课。这样的小工谁不喜欢？曹书记两口子都喜欢上了这个小伙子。完工结算，曹书记按两块一天的工钱算给少平，多给了二十块，少平坚决不要。这才有了之后的曹书记让少平落户市郊，去煤矿招工当上"公家人"的幸运。

到了煤矿体检，少平太过紧张，导致血压升高，面临被淘汰的危险。万般焦灼的少平,首先想到了那位量血压的女大夫。他从身上仅有的七块钱中拿出五块买了一网兜苹果,去女大夫家里。这几斤苹果实在微不足道,但买礼物却是中国人办事的首要条件。只是他身上实在没钱,但提几斤苹果总比赤手空拳强。女大夫听了少平诚恳的诉说,对他说:"你把东西带走。明早复查前一小时,你试着喝点醋。"少平终于通过了体检,当上了挖煤的矿工。

分家之后,他哥烧砖窑赚了钱,让他一起经营,红利一人一半。"那还等于没分家! "少平笑了笑。"既然单另过光景,咱们就不要一块粘了。虽然是兄弟,便要分就分得汤清水利,这样往后就少些不必要的麻烦。分开家过光景,你的家就不是你一个人,还有我嫂子哩! "少安说:"弟兄之间怎能分得这么清哩?"少平说:"分清了好。俗话说,好朋友清算账。弟兄们一辈子要处理好关系,我认为首先是朋友,然后是弟兄才有可能。否则,说不定互相把关系弄得比两旁世人都要糟糕哩! "

人情世故,滴水不漏。这就是少平。

说实在的,当年第一次读《平凡的世界》,我完全没注意到这些人情世故的描写。对于孙少平,我当时只记得他勇救快要落水的跛足女子,把自己所有的工钱全部给了工地上受包工头欺负的小姑娘小翠并送她回家;他喜欢的姑娘郝红梅甩了他另择高枝,而他却在她偷了供销社手帕后挺身而出解救她;在井下奋不顾身救人被毁容;等等。全是英雄般的故事。

三十年过去,生活让我读出了少平世故的一面。

少平认同体制,顺应体制,按照既定体制向上爬是他人生的方向。某社交网站上好多人对《平凡的世界》的吐槽正在此处,

"按艺术标准的思想性，这本书是庸俗的"。当然，也有人说，我们普通人，本来就应该顺潮流而动，为了自己和家人努力奋斗，即使庸俗也不可耻。而且，非常可敬。

每本书都有自己的时代背景。《平凡的世界》里记述的社会事件，至今读来，别有一番滋味在心头。

首先看省委书记乔伯年新官上任后的"第一把火"。

> 省委常务副秘书长张生民来了。秘书长告诉他，除了市委和市上有关方面的负责人，他今天早上又通知了省上所有的新闻单位，让他们派记者来，采访今天上午这次"重大活动"。
>
> 乔伯年生气地问："这算什么重大活动？为什么要让记者来？"
>
> 生民嘴里漏着气说："你要带着市委领导亲自去街上挤公共汽车，这种深入实际的工作作风报道出去，一定会引起全省的震动！"
>
> "生民同志，这是去工作，而不是去制造一条新闻！这个城市的绝大部分人每天都在挤公共汽车，我们去挤一次，又有什么了不起！你赶快去打电话，让新闻单位不要派记者来！"

读到这里，我笑了。时间过去三十年了，我们在报纸上、电视上还是能看到少数领导干部类似的报道。张秘书长是懂"套路"的。

再看"西服事件"。

书里写的北方黄原市，是革命老区，为了振兴黄原经济，田福军与黄原地区及省委领导进京举行汇报会。又是省委张秘书长，他说地区去北京的所有同志都应该穿西装。他指出，这样就可以向中央的同志们表示，虽然黄原是个贫穷落后地区，但干部们的精神状态都是属于改革型的！

黄原的领导立即有气派地打发两个干部到广州去定做了几套高级西装，花了约一万块钱。

会后，有人写信把他们告到了中纪委，说他们铺张浪费，以权谋私，借着去北京开会每人做了一套高级西服。

中纪委调查组随后到了。黄原主要领导做了检查，并决定将所有人的西装收回，由黄原驻省城办事处折价售出，不足的钱由每个人自己垫付。

哈哈。从会议的筹备到干部的西装，真是一件极具时代特色、中国特色的事件呢。

再看个接待工作，这可是件大事。

国务院一位副总理要来黄原视察工作。第二天，省委常务副秘书长张生民也赶到了黄原，和他们一块做准备工作。

书里写道：

> 根据张生民的要求，在专机降落之前，大街上除清扫得一干二净外，从飞机场到宾馆的道路上，还间隔站了许多警察。警察一律是白手套，佩戴着不装子弹的手枪，肃立在街头。

为了防止一些人闯进宾馆找中央首长告状，张生民还出主意将地区人民来信来访办公室也搬到了宾馆门口，专门做堵挡工作。

接待工作真是专业又细致。

然而，副总理住下后不久，即传达了他的批评意见：为什么要在街上站那么多警察？并指示把宾馆门口的礼宾哨也撤掉。同时规定，不准搞宴会，下午两点钟就直接去农村视察工作。

我们都知道，"接待"是政治作风的投射，反映出来的都是政治的时代烙印。

两次读《平凡的世界》，中间隔着三十年时间的长河。世道和人心，有些变得面目全非，有些却固执地不变。我们经历了激荡的三十年。庸俗也好，平凡也罢，向岁月致敬。

其中滋味，饮者自知

三十岁的时候，你知道自己老了是什么样吗？

三十岁的时候，你想过父母老了该如何面对，孩子大了该如何相处吗？

三十岁的时候，你身边有那么多好友，现在还友情如昨吗？

三十岁的时候，你见过的风景，如今你还想念吗？

三十岁的时候，你读过的书，如今再读，会不会有新的感悟？

这些问题，你有想过吗？这些问题，你有可以相互探讨的朋友吗？

有一个人，从未谋面，她是与我几乎同龄的作家，我一直读她的书。就像人生路上的某些朋友，自从结识，便一路同行，有时会在分岔的路口走失，但再一转弯，又遇上了，于是谈笑晏然。我们谈论的，是陪伴了二十年的朋友才能聊起来的内心话题。

我说的是从前的安妮宝贝，如今的庆山。

我读过她的第一本书叫作《告别薇安》。小说的女主，大多是问题少女一类，这样的小说于我而言是生活的另一端。这些小说里的人物做的事，有的是我想做却不敢做的，有的是我压根儿就没想过的事。比如：辞去稳定的工作去北漂，激情和野性的性爱，在酒吧与陌生人喝酒、抽烟、恋爱，等等。或许，这就是小说的魅力吧，可以见识到另一种你没有体验过的人生。无论你喜不喜欢，或者内心深处向往却假装不喜欢。

对了，当时社会上，都用"病态的文艺女青年"来定位安妮宝贝。

其实，安妮宝贝这个笔名，并不适合她。她的小说，并不甜熟，而是生冷中带着一股子倔劲儿。终于，在四十岁的时候，她把自己喜欢的两个字——"庆"（欢喜赞颂）和"山"（厚重如山）——组合在了一起成为"庆山"。

我几乎读过了她所有的书，包括小说和散文集。并且，常常买同一本书的不同版本，反复阅读。她的书，内容越来越稀松平常，情绪越来越冷静，文字越来越生涩。可是，我越来越喜欢。其实，不仅是我，千千万万读者都是。据说，她从不社交也不为出书营销。偏偏她的书，一出版就总是占据各大书单前列。

为什么呢？

我能想到的，大概是这么几个理由：她的书，确乎击中了一些人的内心，这是读者之幸；她的读者，在和她一起成长，这是作者之幸；她所处的时代，正在经历百年未遇之转折，物质丰富之后国人正在寻找打开内心世界的大门。

有这么一种人，他们只是做自己，便赢得了世界。庆山就是。

最近，庆山又出了新书《一切境》。据说，新书发布当天，二十四小时之内近万册一售而空，旋即登上当当新书热卖榜榜首。嘿嘿，我也在其中出了一把力呢。

这本散文集里有很多话让我暗暗吃惊，不为别的，我以为这些话是我心里的，或者我曾与人谈论过，或者我曾体会过。我以为，这些都是自己内心里极私密的话呢。

庆山，你是如何知晓的呢？

下面，我摘录《一切境》里的几段话并附上自己的感想。

> 人的情感关系有四种。第一等好的，在金字塔尖，志同道合的伴侣。这样生活即便朴素简单只是过得去，也是好的。第二等，独身。如果经济与精神有准备，独身是精简与有效的。第三等，有心意虽不能互通协调但对自己极为善待与照顾的伴侣。这也是人世间的一份福报。第四等，既不能心意互通又不能善待的伴侣。轻则分离、互伤。重则带来损耗、毁灭。这个分类里，世间男女百分之八十都是金字塔底部。
>
> （庆山）

爱是世间最精深的修行之一。

现在想来，古人男耕女织的生活，原来是一种极为祥和美好的生活方式。人要有多大的福报，才能共同劳作、互相陪伴，成为在人间修行的同道。世间最难的是，三观一致。丰衣足食之后，仍然相看两不厌，更是难得。所以，金字塔尖的关系，是极少的。

我没有想到的是，庆山将"独身"排在了第二等。现在和未来，或许独身的人会越来越多。宁缺毋滥，也许是一种理性的选择。文明，这两个字含义很深很广，公民生活方式选择的自由，或许就是社会进步的应有之义。

金字塔底部的人，无疑是最多的。大多数的夫妻关系，都是烟火日常，搭伴儿过日子。反正，中国文化中的中庸和"忍"的思想，应该也是融入了中式婚姻的基因里。

然而，人生的尽头，是所有社会关系的消融。当你老了，孤独是所有人必须面对的课题。孩子大了，像离巢的鸟儿，父母成了空巢老人。夫妻之间，总有一个人先走，剩下的那个可能就成为独居老人。

> 只有在清晰地看见自己老去的容颜之后，才会明白年轻时，每一个人都曾这般美丽与丰足。只是那时的自己同样不会知道。人对自己的美是不自知的。
>
> （庆山）

花朵衰败，一种是花瓣枯萎、褪色，一瓣瓣凋零，比如月季；一种是花朵盛开一段时间后，突然"啪"的一声整朵掉落，比如茶花。

人，也许有人渐老，也许有人变老就是突然之间。

你是什么时候发现自己老了呢？

想起最近看到周迅上董卿的《朗读者》节目，董卿问周迅：

"……有一片对你容貌的一种质疑，会让你难过吗，那种声音？"
率性的周迅用她著名的烟嗓很快接上了话："难过，我当然难
过……会有一个时间段的焦虑，然后你慢慢地接受，然后慢慢的，
去你的！"

"去你的"，好坦荡、好自信。

其实，如何在老去之后仍然能好好地活着，是人生的一大难
题。"少年老成老来狂"，是我特别不喜欢的一句话。少年不必老
成，老来也不必狂放。少年无惧，老年无悔，就可以了吧。

假装忘记年龄，整日热衷身体和容颜的"保鲜"，我认为有些
可怜有些可笑。不必过分追求于此，坦然接受吧。

也不喜欢老人一直围着孩子转，将生活的重心放在孩子及
孙子辈。付出的多，自然期待回报。可是，谁能说你一定不会失
望呢？

人越老，越需要信仰，越需要精神力量的支撑。让灵魂保鲜，
心灵干净又慈爱，才是值得追求的。

> 能让我们原形毕露、内疚软弱、反省和修改自己的，
> 只有三类人：父母、爱人、孩子。他们是值得感恩的上师。

（庆山）

说得太好了，直击人心，世界上什么人能让你原形毕露呢？

当然是家人。在家人的面前，你会放下所有戒备与伪装，完
全做自己。如果家不能让我们"原形毕露"做自己，我们一定会
逃离。

还有一种人，有人把他们叫作"后天的亲人"，即亲人一般的朋友。能拥有这样的朋友，是人生的幸运。

世上所有的亲密关系都存在着解体的可能，唯有血缘关系，与生俱来，无法逃脱。

我的儿子，和世界上所有小朋友一样，在小时候，都认为"我妈妈是最漂亮的，是世界上最好的妈妈"。如今，他从国外留学六年归来，已是二十啷当岁的小伙子。当我为自己的体形纠结时，他说："妈妈，到了你这样的年龄，外貌不重要了，健康最重要。"当我说起时间不够用，我有太多的事想做、太多的书想读，他说："妈妈，你的精神太紧张了，放轻松些好不好？"

我明白。我也曾经历过这样的时刻。有一天，我们发现和理解了父母身上的局限与平庸。

这时候，家人怎么相处？

在《平凡的世界》里，路遥写下这样一段话："一旦长大成人，开始独立生活，我们便很快知道，亲戚关系常常是庸俗的；相互设法沾光，沾不上光就翻白眼。"这段话说得太极端，但也道出了几分世道人心。

宗族、家庭，从前捆绑在国人身上的枷锁，已经松动，家族与亲戚关系正在淡化。人，正在越来越个体化，活得越来越自由。

　　　合适的爱人……如同无色无味的清水，存在感不明显。但你很满足，不会觉得渴、躁、厌烦、忧虑。

（庆山）

岂止合适的爱人，世上一切真正合适的人或物，都是淡而又淡的。

空气、水，都是人需要的，不能缺少，当它们一切供给正常时，无人会重视它们的存在。

关于合适的爱人，当你不必时时因对方而忧虑、惦念，这正说明，心中产生了"安全感"。

城市空空荡荡，人与人之间疏远隔离。恐惧弥散，在家里闭关自守的日子，单调，孤独。很多人也许会突然醒悟，发现在生活中，以前那些强烈喜爱与执着的事物其实并不重要。比如美妆、华服、豪车、美食，被关注、赞美，歌颂与骄傲。

三点体会。

一是如何对待生活中的不确定性。生活从来没有如此让人不安与惶恐，仿佛在打开"魔盒"，里面不知是惊喜还是意外。我们所能做的，只是守护好自己，守护好身边人。安保当下。

二是应多一些"断舍离"。我原本是个"恋物癖"，热爱收集美器。甚至，我有个从二十多岁以来就有的习惯——收集：各种小香皂、精油皂，然后将它们散放在衣柜、收纳柜的角落；各种杯具，有陶杯、玻璃杯、水晶杯；遇到爱读的书，便会收藏各类版本。现在想来，何必纳之藏之？把空间让出来，空出来吧，身心皆轻灵。

三是应多一些"敬"。对于人类而言，苍茫宇宙间未知的事物还有很多很多。不要自大，学会敬畏。

什么是因，什么是果；什么是重要的，什么是可以放下的；什么是太过在意的，什么是被疏漏的。好好静下来想一想。

简单、安静、确定的生活，有多好啊。

《红楼梦》里有一句：喜荣华正好，恨无常又到。什么时候是最好的时光呢？当你身处最好的时光，你是否知晓？是否珍惜？

夜已深，窗外，花木从容，月光美妙。就此收笔吧。

人人都是包法利夫人

有一个问题困扰了我：明明是出轨的故事,《安娜·卡列尼娜》里的安娜、《红字》里的海斯特，为什么几个世纪以来，人们都感慨她们的命运，乃至有的人会赞美她们？

想了又想，她们的人生，一开始如同包法利夫人一样，后来超越了包法利夫人的境界，她们的精神世界升华了，她们追求的不仅仅是肉体欢娱，更是精神长青。为爱走上生命的祭坛，让她们在时间的长河里闪耀着独特的光彩。

安娜一身黑裙出席舞会，至今仍是美的经典画面。

海斯特的深情与勇敢，是多么高贵的情感。

重读《包法利夫人》。这个一百多年前的故事，让我的叹息像枯叶一阵阵飘落。

包法利夫人如飞蛾扑火，投入了乡绅罗道耳弗的怀抱。经过了最初短暂的狂热，书里这么写：他玩过的女人，像她这样爽快的，也少有过！他们之间的伟大爱情，从前仿佛是长江大河，她在里面优游自得，现在却好像一天涸似一天，河床少水，她看见了污泥。她不肯相信，加倍温存。罗道耳弗却越来越不掩饰他的冷淡。

包法利夫人的第二个情人，是法律事务所的年轻文书赖昂。书里这么写：一想到这个女人可能给他招惹麻烦和闲话，他就责备自己。他的心好像那些只能忍受一定强度的音乐的人们一样，爱情过分喧闹反使人麻木淡漠，再也辨别不出爱情的妙趣。而包法利夫人呢？书里只有一句话：她又在通奸中发现婚姻的平淡无奇了。

无论是罗道耳弗，还是赖昂，他们其实是包法利夫人，一旦拥有，任何东西在他们看来都不足惜。于是，在一段主动投怀送抱且狂热得充满危险气息的关系里，他们很快腻味，弃之如敝屣。

包法利夫人最后自杀。不甘贫穷，她挥金如土，用超出自己经济能力的奢侈，为自己营造出一个浪漫又唯美的梦幻世界。

包法利夫人为罗道耳弗送上银头镀金马鞭、刻着"心心相印"字样的印章、围巾、雪茄匣。这些，都是属于贵族日常使用的昂贵货。罗道耳弗觉得难堪，还有一些礼物就谢绝了。

当和赖昂偷情时，书里这么写：她要排场！他一个人应付不了开销，她就大大方方来补足：几乎回回如此。赖昂并不感激，觉得他的情妇行为相当乖张，就此分手，也许不错。

换个角度，如果包法利夫人是男性呢，在感情里挥霍他力所能及的金钱，可能、大概、也许，人们并不认为是大错。

包法利夫人不是没有挣扎过。她去教堂找牧师忏悔，帮助丈夫尝试新的手术方式，试图将自己的心思放在幼女的成长上。一件都没成功。她的心像一条奔腾不息的河流，欲望不时腾起大浪。不平静，永不平静。

女人呀，都该读读《包法利夫人》这本书，这是一本婚姻爱情失败经验之书。它是一部悲剧，然而里面充满了愚蠢的念头、嘲笑的眼神和讥讽的话语，让人发笑。

情爱，有多迷人，就有多伤人。

是的，人人都是包法利夫人。

最近，韩国三星集团前任会长女儿的离婚案刷屏，全世界吃瓜群众围观。值得思考的是，两个阶层、财富、学识、人格不匹配的人，为什么会走到一起？其中，或许也是身家富可敌国的李富真对于生活现状的一次抽离、一次脱轨？

是的，人人都是包法利夫人。

然而，有人可以回归，哪怕代价惊人；有人永远回不来了，因为他们无法承受生命中不能承受之重。

再翻开《包法利夫人》，其中有一段描写包法利先生的话：

　　　　谈吐就像人行道一样平板，见解庸俗，如同来往行人一般，衣着寻常，激不起情绪，也激不起笑或者梦想。

我一点儿也不想笑，因为，这就是生活本身。

生活不易，生命不易。感恩吧，致谢吧，向所有土壤里开出的并不美丽并不芳香的花朵，向所有繁杂生活里的琐碎和平庸。

做个像春风一样的人吧

今年夏天，宅家读了不少书。有些是第一次读，有些是重读。仿佛旧雨新知相遇，有些体会敝帚自珍，姑且记下一笔。

前一阵子，追剧《觉醒年代》，越追越迷。其中，有几个人物形象，给人耳目一新的感觉。比如胡适。无关乎政治立场，《觉醒年代》里的胡适的确是谦谦君子、温润如玉。

其实，对于胡适，生前身后，有人推崇他、敬爱他；有人批判他、诋毁他。然而，想到当时的人们争说"我的朋友胡适之"，我觉得，胡适是个有情且有趣的人。

因为这种感受，我重新翻出了《胡说》，应该是七八年前读过的书了。在这本书里，作者魏邦良对于胡适作品中的格言耐心地"打捞"并进行了解读。

就是从这本书里，我吃惊地发现，校园歌曲《兰花草》"我从山中来，带着兰花草，种在小园中，希望花开早"，原来是胡适的一首小诗；梅艳芳唱过的《女人花》里有一句"醉过知酒浓，爱过知情重"，也是出自胡适的诗句。

来看看胡适的"格言"吧。

功不唐捐

胡适给人题字，常常写"功不唐捐"。意思是，任何努力都不会白费。这个成语出自佛经《法华经》里的"福不唐捐"。

于我自己而言，在年轻的时候，以为这句话是励志；人到中年，才明白原来这句话是一句大白话、大实话。回过头来看自己走过的来路，才明白，真的，人生每一步都不会白走、每一步都算数。

容忍比自由更重要

此话的本意是关于文化的哲学思考，当时多位学者卷入讨论。我的兴趣并不在此。我想到的是，在人生道路上，真的是先有"容忍"，而后再有"自由"。联想到胡适的婚姻，一个是留学美国的才子，一个是乡下的村姑，两个人的不般配应该是显而易见的。江冬秀粗通文墨，只能是胡适生活中的伴侣，无法成为他精神上的密友。然而，两个人终成秦晋之好，并且白头偕老。胡适的几段世人皆知的罗曼史皆无疾而终。或许，这是胡适用自己的人生得出的关于容忍与自由关系的正解吧。

面对生活的不完美，接受它，容忍它，或许就离自由近了一步。但是，人各有志，不必强求，还是求同存异吧。毕竟，每个人的人生都只有一次。

世间最可厌恶的事，莫如一张生气的脸；世间最下流的事，莫如把生气的脸摆给旁人看。

胡适曾说："如果我学得了一丝一毫的好脾气，如果我学得了一点点待人接物的和气，如果我能宽恕人，体谅人，我都得感谢我的慈母。"胡适母亲温和的性子和宽宏的气量对胡适影响很大，胡适本人几乎是民国时性子最温和宽厚的人。

用现在的话说，应该就是"情商高"和好脾气吧。"并不是我偏爱他，没有人不爱春风的，没有人在春风中不陶醉的。"这是学生评价老师胡适的话。

的确，没有人不在春风里陶醉的。春风，是暖暖的、缓缓的，却能化雨。年轻的时候，总为那些硬朗、沧桑的人着迷。随着年龄的增长，越来越爱那些温和、平淡的人。情绪稳定且有好脾气，真是一个人的福报。

没有比人的内心更可怕、更复杂、更神秘和更无边无际的东西。比大海更广阔的是天空，比天空更广阔的是人的心灵。

很多人都知道，这句话是雨果的名言，出自小说《悲惨世界》。

今年夏天，重读了此本巨著。此番读来，最为感念的竟然是小说开头就写到的米里哀主教。米里哀主教收留了出狱的苦役犯冉阿让，没有丝毫犹豫、怀疑和不安。他把冉阿让叫作"我的兄弟"。

甚至，当他知道冉阿让偷了自己的银餐具被抓后，非但没怪罪他，反而对警察说，银餐具是他送给冉阿让的，并且又把银烛台也送给了他。他对冉阿让说："从今往后，您再也不属于恶，而是属于善了。我是在赎您的灵魂，我把它从阴暗而堕落的思想里赎回来，交还给上帝。"

一个念头，一句话，也许是夹杂着谎言的善举，能让人的世界明亮起来。或许，慈悲比正义更重要吧。

在这里，米里哀主教是仁爱的化身，由于他多年的义行善举，在他的教区，人们十分感激他，"犹如迎接阳光"一样接待他。

后来，冉阿让变成了海滨蒙特伊人的"市长先生"，人们称呼他的语气和当年人们称呼"主教大人"的口吻简直如出一辙。因为，他总是让人如沐春风。

这不是一个简单的道德感化故事。

故事早已了然，重新读到的便是人心。那些曾经让我不忍释卷的故事情节淡去，成为阅读的背景，世道人心凸现在白纸黑字上。

还想说的便是看过电影、心里非常放不下，又找书来看的《掬水月在手》。年少的时候，一直不是很喜欢古典诗词。读大学中文系的时候，古代汉语和古代文学也都学得不深不透。那时候，我最爱的是外国文学。尤其对十九世纪外国文学，可说是熟稔于心。

但是，时间真的会改变一个人。

岁月流转，我越来越向传统靠拢。无论是在生活方式上，还是思维方式上。也许，这是二十世纪七十年代生人共同的心路历程吧。从这点来说，人生是个向源头寻找自己的过程。

掬水月在手。是的，诗词如水贯穿在叶嘉莹先生的生命里，叶先生又将诗词发扬光大，让中国文化传承到更多的人心中，那就是"弄花香满衣"了。

叶先生出生在 1924 年。我特别想知道，为什么叶先生生年近百，却有如此大的生命活力？她的生命里，有那么多苦难，那么多不愉快的事，她是怎么过来的呢？这是看电影《掬水月在手》之后留下的疑问。后来，我在同名的书里找到了答案。

叶先生每天早晨六点半起床，晚上两三点休息。中午午休。现在仍然如此，精力充沛超过年轻人。她让我想起齐白石，活到高龄，一直学习，将一生时间聚焦在一点上，勤奋不辍，终成大家。

在叶先生五十二岁的时候，她的大女儿、女婿同时因为车祸丧生。她的同事说她几天没来上班，后来一见面就眼睛红了。然后，这事就算过去了。

她的先生，周围人都说他为人处事"太过分"。叶先生只说一句"他这个人哪"，这就是最严厉的批评。

这些都是常人难以想象的苦难啊，她都挺了过去。

叶先生的助理说，跟在先生身边，有一个挺大的收获：无论在现实中遇到了什么苦恼或者是肉体上经历什么样的疼痛，都可以从精神上战胜它。

为叶先生看过病的医生说，医生常常把一个人的疾病暴发视作在生命过程中的拐点，拐点能不能走过来，与人对生命的认识有多深是相关的。叶先生的十二条经脉仍然是通畅的。她内心对生命的热情让她永远活在心境的顺流里。

然而，她不是一般意义上的女强人。台湾诗人痖弦说，年轻时的叶嘉莹美得就像从古书上走下来的，是当时台湾文艺青年眼里的三大美女之一。在我看来，她现在依然很美。头发仍然浓密，虽然白了；皮肤仍然白皙，虽然有皱纹了；声音仍然动听，虽然有些沙哑。要知道，这可是一个将近百岁的老人。

她的学生形容她"总把春山扫眉黛"。多好的形容！是的，在所有人的眼里嘴里心里，叶先生都是春风一样的人啊。

有人说，你最想吃的东西就是你身体最需要的。我想，肉体如此，精神是否也如此呢？我总能从书里感受到的，是不是也是我的精神最需要补充的营养呢？

生活不易，修炼自己，做个像春风一样的人吧。

感悟

当你老了

最近接连遇到两件事，让我有些惶恐。

那天早晨，因为还不到七点，地铁车厢里人很少。上来一位六七十岁的老太太，坐在我身边，手上一把湿漉漉的伞放在我和她之间的座椅上。因为伞是湿的，我本能地把自己的身体朝边上挪了挪。结果，她把伞又朝我身边挪得靠近了些。然后，打开手机，用大音量播放跳广场舞的歌曲。无奈，大家只好陪着她一起听。

终于她到站了，她把放在座位上的湿伞拖到自己身边。她走了。座位上留下一摊水渍。后面来的人掏出纸巾擦了，才坐了下来。

不久，又发生一件事。

那天中午，在一家生意红火的水果店买水果。因为人多，所以结账的地方，大家自觉在排队。轮到我了。突然从我身后伸过来一只手，抓着一袋水果。一个老太太用很大的嗓门儿理直气壮地对收银的小伙子说："她有好几样东西。我只有一样，我先来吧！"小伙子显然被老太太的气势镇住了，他不说话，转而看向我。我愣在那里，这才反应过来，赶紧闪身，对老太太说："好，您先来！"老太太结账之后离去了，看都没看我一眼。

联想到平时，插队、抢先的，有不少是老人；平日的地铁上，大呼小叫抢占座位的，也能看到老人。

有人说，你多虑了。现在六七十岁的人，正是从物质匮乏时代成长起来的一代人，经历过文化断层的年代，他们是特殊的一代人。一来他们不能代表全部老人，二来就他们这个年龄段也不是所有人都如此。说得对。的确，并不是所有的老人都如此。

我已到了知天命之年，一脚跨在中老年的门槛上，衰老、疾病以及随之而来的种种不适和不堪开始出现在生活里。于是，我不由自主地开始思考，年龄到底会不会改变人？年龄为什么会改变人？年龄怎样改变人？

越来越老，如何面对？

细想想，当下六十岁以上的人大多经历了饥饿的年代，又处在文化的断层年代。许多人到中年的时候，改革开放的春风才拂面而来。但是，彼时，他们的三观已经形成，打上了特殊的时代烙印。可以说，物质匮乏和精神文明建设落后，在他们的生命中产生了挥之不去的影响。

但是，正如很多人观察到的，这代人当中并不是所有人都如此啊。那么，可以再找找人性方面的原因。

一旦进入老年，与社会的联系减少，导致人的安全感会大为降低，这时人们常常会表现出怕吃亏、爱争抢的样貌。同时，失去了原本所在单位或群体的约束，礼貌和教养开始显得不那么重要。我们身处的这个快速发展与变化的时代，如果与它脱节，便会给生活带来很大的困扰。

老龄化的社会已经来了，每个人终将是其中一员。

莫言最近开了微信公众号，每篇文章标题下都是一张图片，上面写着"我想和年轻人聊聊天"。莫言六十六岁了，正在走向老年。

他在《年轻好，还是老去好？》这篇文章里，写下了这么一段话：

> 我想，没有一个人会喜欢老去的。
>
> 我们现在经常沉浸在对青春岁月的回忆当中，经常回忆过去，经常说"想当年"，这实际上是一个人已经老了的象征。
>
> 年轻，我想各方面都是好的。
>
> 当然年轻人可能也焦虑，也对自身或现实不满，这是每个人都要经历的。
>
> 如果让我选择放弃现在所得的一切，回到年轻，那我会毫不犹豫地选择。
>
> 当然这不可能。

从这段话里，看得出一代文学大师莫言对于青春与老去的态度。想必大家都是这么想的吧？

我最爱的东坡先生有这么一句："谁道人生无再少？门前流水尚能西！"任我如此爱他，也不能同意他的这一句诗。我觉得：谁道人生会再少？门前流水怎能西？

有人说，有很多老人活得相当精彩：杨绛先生一百岁还每天早晨写小楷；张充和先生八十多岁还梳了辫子唱昆曲；丰子恺病得躺在床上还在不停地画《护生画集》；齐白石一辈子从早到晚地画，到七十岁以后才显出天分来。

是的，没错。人的一生就像是一只开屏的孔雀。年轻的时候，我们在人前拼尽全力撑着美丽的羽毛开屏；年老的时候，你转到后面去看，才晓得有多少不堪与不甘。

到了老年，人生应该是绚丽归于平淡了。此时，日常便是华章。不需要浓墨重彩了，朴素无华才好。

步入老年是我们每个人的宿命、是必然的归宿。说说让我最佩服的老人吧，那就是我的母亲。

我的母亲八十一周岁，过着高质量的独居生活。她每天上午抄写佛经，前几年给我们姐妹仨每人一沓她亲手抄的佛经。下午，她喜欢和闺密们掼蛋或是聊天。闺密聚会她是个热情的召集者和买单人。晚上，她看电视，夏天的晚上，常常是一边慢慢吃着冷饮一边看自己喜欢的电视连续剧。

父亲去世十年了。她其实是孤独的。但她从不要求我们回家，总是对我说："这次过节时间短，你们就不要回家了。"其实，姐姐告诉我，但凡我们女儿辈或者孙辈哪一个说要回家，母亲总要激动地在家张罗好几天。人生就是与时间比赛，到老年如何与家人、儿女相处，其实是道试题。这道题，从小就是学霸的母亲答得很好。

母亲曾经说过，罗汉仅能度己，菩萨能度他人。其实，能修成罗汉已经非常了不得，菩萨是要修好多世的。那么，先自己修成个罗汉吧。

汪曾祺说过，我念的经，只有四个字：人生苦短。是啊，人活着还不得找寻点乐趣？有自己爱的人在身边，有坛坛罐罐花花朵朵，到老了，也要优雅从容，也要有立体丰富的生活，都要内心温暖淡定。万卷书早已化在心里，万里路早已在脚下走过。

当我老了，就要这样。

到底，多大年纪才算老？

这个问题，是有标准答案的。

按照我国《老年人权益保障法》的规定，年满六十周岁即为老年人。

这个问题，又是没有标准答案的。世界上没有两片相同的树叶，人更是如此。同样的问题，具体到每一个人，答案又是不一样的。

说说一位九旬老人。白岩松曾登门拜访黄永玉，刚进门，就看见黄永玉正在院子里拾掇红色的法拉利跑车。白岩松十分震惊，他说："老爷子，你都一大把年纪了还玩这个！"黄永玉头也不回地对他说：我又不是老头！

那是三年前的事。今年（2020 年）黄永玉九十六岁。每次回想白岩松与黄永玉这段有趣的对话，我就忍不住想笑。在九十三岁的时候，能够理直气壮又十分委屈地说"我又不是老头"。《诗经》

里把年届九十称为"鲐背之年",指老年人身上的褶皱如同鲐鱼的斑纹,因而引申为"高寿老人"之意。鲐背之年,在中国人的印象中,应该老态龙钟,黄永玉呢,活得仿佛老顽童一般,全然不在意年龄。

再说一位八旬老人。前段时间,家里来了位客人。言谈之间,只觉得他思维敏捷、谈吐风趣,他说:"七十五岁之前,我没有任何感觉。就是现在,我也没觉得自己老了。"他给人的感觉,如沐春风。

其实,他今年整整八十岁了。

世界卫生组织经过对全球人体素质和平均寿命进行测定,对年龄划分标准做出了新的规定。该规定将人的一生分为五个年龄段:

未成年人:零至十七岁;

青年人:十八至六十五岁;

中年人,六十六至七十九岁;

老年人:八十至九十九岁以上。

对照这一标准,真让人开心,我还是个青年人呢。实际上,"到底多大年纪才算老"一定是上了年纪的人,才会不断考虑的问题。

为什么,我们对年龄那么在意且敏感呢?

在知乎上,有人问:中国人为什么那么在意年龄?回答自然是五花八门的。

有人从中国社会文明形态上找原因,认为:农耕文明对时间的危机意识要大于游牧文明对时间的危机意识。如果到了哪个时间段没有做某些事情，就好像春天不播种，秋天不收田，会影响生活。

有人从社会经济的高速发展上找原因：中国经济高速发展的速度超过了大部分中国人智慧成长和资本积累的速度。在意年龄，只是一个表象，就像在意文凭。年龄焦虑的背后则是人的生存压力。

有人从男女的性别差异上找原因：对于女性来说，在原始文明里，女性缺乏独立生存能力，主要的贡献在于繁衍后代，女性基因里对安全感的渴求，反映到现代文明就是婚姻。所以社会特别在意女性的年龄。

听起来，都有些道理。

中国古代，对于年龄早有界定。我们熟悉的是孔子的一段话：吾十有五而志于学，三十而立，四十而不惑，五十而知天命，六十而耳顺，七十而从心所欲，不逾矩。

这段话说明，人应该是越活越顺，越来越有智慧。这仿佛是必然之境到达自由之境的过程。农耕文明，四季轮回，经验的积累靠时间完成。中国历来是尊老敬老的社会，认为老之境代表着智慧与通达，顺心与舒畅。

然而，现代社会的发展日新月异，经验不再是主导社会前进的主要力量，而创新能力似乎越来越重要。另外，社会在快速发展的进程里，非常容易变成一味追求物质社会。物化了的社会，衡量一个人价值的标准非常简单：挣钱能力。这些，都是全社会埋藏很深的潜意识。虽然，我们都不愿意承认。

且慢，以上所说孔子对中国人年龄的分界，其实是针对男性的。对女性，另有一套说辞：十二岁称金钗之年，十三岁称豆蔻年华，十五岁称及笄之年，十六岁称破瓜年华、碧玉年华，二十岁称桃李年华，二十四岁称花信年华，三十岁称半老徐娘。

对比一下吧，男性的成长仿佛是挣脱锁链的过程，最终臻于自由之境；女性的成长，仿佛一朵花开至花谢的过程。才三十岁便半老徐娘，无可奈何花落去。

意思吧，你懂的。女为悦己者容，价值在于生育后代。确实，我们听到最多的话之一是"什么年龄应该做什么样的事"，"你都这个年纪了，怎么还没有结婚"这一类的话。尤其是对女性而言，在某个年龄段没有结婚生子，就要被认为是某种程度的遗憾。

什么时候，我们才能把女性的热情、智慧与世事练达，也认同为美满的一部分呢？

喜欢一个很美好的词"无龄感"。看到一篇报道，张艾嘉做金马奖评委主席时，定制了一批鞋子给提名的人。她在鞋袋上写了这样一句话：我才不过六十四，跑起来，路很长。或许，张艾嘉拥有的就是一种无龄感的人生。

到底，多大年纪才算老？年龄不过是个数字，而人对于生命的追求和热情却可以一直都在。想来，在我自己的人生里，一直在问自己两个问题：一是新的人生乐趣在哪里？二是懂你的人，包括爱人和知己，在哪里？简单地说，兴致和知音，都靠自己找。不断学习，不断寻找，不断发现，就是人生的意义所在了。

认真吃饭，喝茶，赏花，读书。好好生活，慢慢变老。

东坡先生的养生方子，你收到了吗

写下"东坡先生"四个字，我的心里就暖暖的，脸上一下子有了笑意。好多次了，好想和你聊聊苏东坡，却又生生咽了回去。这是我心里的一块宝藏之地，舍不得轻易示人。其实，你会说，每个中国人心里面都有个东坡先生。是的，没错。但是，我的东坡先生，和你的也许不同。

很多时候，很多场景，作为中国人，东坡先生的句子会跃然而出：

看见水，咏上一句"大江东去，浪淘尽，千古风流人物"；

看见月，会对月吟"但愿人长久，千里共婵娟"；

看见山，脱口而出"不识庐山真面目，只缘身在此山中"；

喝到茶，会心一笑"且将新火试新茶，诗酒趁年华"；

吃到肉，心里会说"无肉令人瘦，无竹使人俗"；

尝个荔枝，马上来一句"日啖荔枝三百颗，不辞长作岭南人"；

…………

太多太多，简直数不完。发现没，东坡先生从没离开过，他一直和我们生活在一起。

他是个文官、文豪、书法家、画家，同时，他也是个生活家。他在东坡种粮种菜，他亲手酿制各种酒，他将"贵者不肯吃、贫者不解煮"的黄州猪肉烧成了流传至今的"东坡肉"，他为自己种的菖蒲开花写诗。

东坡先生，他一定有温暖的眼睛和温暖的手。年轻时，我以为男人沧桑感十足，又生硬又复杂，就是深刻；现在，我觉得温暖、澄澈、干净的男人才是上品。他可以从容地修剪花枝，可以耐心地养一缸金鱼，可以下厨烧出一桌菜。大道从来至简，人也是一样的。

有关东坡先生的任何文字，我都热切地去看，仿佛一个恋爱中的女人，想知道和爱人有关的一切事情。最近，我读了《东坡志林》，这本书收录了东坡先生被贬之时写就的二百余篇随笔。他用幽默的语言记录了游历、修身、交友、奇人异事，读来仿佛遇到了从未见过的苏东坡。这些随笔都不长，如果在今天，东坡先生应该是会把它们发表在自己的博客或朋友圈的。

今天，我想和你聊的是：在一千年前，东坡先生为我们写下的"养生方子"，你收到了吗？

节俭与养生

原文是这样的：

东坡居士自今日以往，不过一爵一肉。有尊客，盛馔则三之，可损不可增。有召我者，预以此先之，主人不从而过是者，乃止。一曰安分以养福，二曰宽胃以养气，三曰省费以养财。元符三年八月。

意思是说：我东坡居士自从今以后，只喝一杯酒，吃一种肉菜。有客来，饮食就增至三倍，这个标准可减但不能增。有请我赴宴的朋友，提前把这个标准告诉他，主人如果不按照这个标准，我就不去。这样，一来养福，二来养气，三是节省开支。

最近，举国上下正在倡导节俭的生活方式，东坡先生一千年前就这么想并去做了。且慢，我有点儿疑惑，以东坡先生豪爽的性格，哪能不开怀畅饮、不痛快吃肉呢？这一定是东坡先生最真诚的愿望，并且对自己有这样的要求。原来，东坡先生也是极自律且节制的人呢。

饥饿与养生

原文是这样的：

已饥方食，未饱先止。散步逍遥，务令腹空。

东坡先生认为，一定要饥饿以后再进食，没吃饱就停食。饭后一定要散步，要始终让肚子是空的。

先生是得道之人。他觉得，人要记得归拢心神。当呼吸绵长，充盈而放松以后，许多烦扰会消散，心神清明，可以得自在。

养生四味药

原文是这样的：

> 张君持此纸求仆书，且欲发药。不知药，君当以何品？吾闻《战国策》中有一方，吾服之有效，故以奉传。其药四味而已：一曰无事以当贵，二曰早寝以当富，三曰安步以当车，四曰晚食以当肉。

意思是说：张鄂希望能得到东坡先生的字，让东坡开个药方，但东坡不知应该写些什么。突然想到《战国策》中有一个"药方"，觉得自己服用很有效果，于是，便把这个药方写出来。此药方有药四味：一曰无事以当贵，二曰早寝以当富，三曰安步以当车，四曰晚食以当肉。

东坡先生认为，饥饿时再吃东西，再简单的食物都胜过美味佳肴。一旦吃饱了，就是把再好的食物放在你面前，你也巴不得让人把那些东西赶快拿开。如能这样做的话，就是一个善于在困窘中生活的人了。

这段文字是东坡先生在黄州时候写的，"四味药"今天读来仍无任何障碍。从中，你可见，东坡先生所处的现实的困窘与精神的旷达。

去欲与养生

原文是这样的：

> 昨日太守杨君采、通判张公规邀余出游安国寺，坐中论调气养生之事。余云："皆不足道，难在去欲。"张云："苏子卿啮雪啖毡，蹈背出血，无一语少屈，可谓了生死之际矣，然不免为胡妇生子。穷居海上，而况洞房绮疏之下乎？乃知此事不易消除。"众客皆大笑。余爱其语有理，故为记之。

大意是：先生与友人在一起聊天时，说到了调气养生的事情。他说："其他的都不值得说，最难的就在控制住自己的欲望。"张公规说："苏武在匈奴之地牧羊时，每日靠啃雪吃毡子为生，身上受伤流血，也没说过一句委屈的话，可以说是看透生死的人。然而他也避免不了和胡人女子结婚生子。由此可以知道这件事情不是那么容易控制住的。"在座的客人都大笑起来。先生觉得他说的话十分有道理，所以把他的话记了下来。

真的吗？我想，五十七岁娶了十八岁的宝珠姑娘并生育八子的白石老人，应该是最有体会了。八十三岁的时候，白石老人喜得一子，宝珠难产而去世；九十三岁的时候，白石老人又遇到了心仪的二十二岁少女。然而，未及婚娶，白石老人仙去。

欲望是人生的重大命题。"饮食男女，人之大欲存焉。"基本的生存欲望，这是人人都无法回避的。但对欲望的理解和认识，却因人而异。有人放纵欲望，有人被欲望所惑。可见，欲望的管理，是养生的重要组成部分，且因人而异，并无标准答案。

东坡先生将一生的颠沛流离过成了丰饶自在。他的人生里有三次贬谪：黄州，惠州，儋州，一次比一次远，一次比一次艰难。

面对世间的阴晴圆缺，先生待自己，待世界，始终都挚诚。他生命里的那分生机和活力，从未因外界的变迁而耗散，而是一直蓬勃鲜活。

当他被贬黄州，有一晚他去承天寺与友人一起在庭中月下散步。他写道，月光照在庭院里如积水般透明，而月下松竹的影子像水藻、荇菜般交错纵横。于是乎，他发出千古一叹：哪个夜晚没有月色，又有哪个地方没有松竹呢？只是缺少像我俩这样的闲人罢了。

这就是东坡先生。

他是赤子，永远年轻。

各位，东坡先生的养生方子，你收到了吗？

古画里的中国式好房子

但凡是个中国人，谁能绕开"房子"这个话题呢？

中国几千年的农耕社会，人们追求稳定的生活，讲究的是安居乐业。

所以，房子，房子。一言难尽。

相传，古代农业、药业的发明者是神农氏，教人钻木取火的是燧人氏，教人捕鱼狩猎的是伏羲氏，教人盖房子的是有巢氏。最早的房子，有巢氏教人们搭在树上。人类栖息其中，仿佛鸟儿一样。

后来，房子落到地面，说明人类适应大自然的能力越来越强。从树屋、穴居再到地面，再到高楼大厦，人类的技术在进步！材料越来越好，居住越来越舒适、越来越环保、越来越智能，可以预见的是，房子的未来还是依赖于科技的进步。

但是，问题还没有完。中国人历来看重的好房子，除了物质层面的意义之外，还包括另一个层面，那是属于精神层面的。

中国人心目中的好房子，是要回归山林的。这是不变的初心。所以，园林是居住的最高境界。中国的园林如诗如画，集建筑、书画、文学、园艺等门类众多的艺术的精华而成。讲究树石和房屋的搭配，厅前栽桂，石旁植松，阶前列梧桐，转角补芭蕉。几盆兰花、数杆竹子，衬托人的风骨；松树、梅花，种下去就是人的情怀；种上几垄蔬菜，那是人的生活情趣。这是中国文化最亲切的语言。

其实，外国人的房子，又何尝不是如此。前年在西班牙，见到了高迪的建筑。有人说，欧洲最好的房子是教堂。他们为了无限地接近神，总是把最好的东西献给神。他们想造的，其实是通天塔。在人间和神界搭一座桥，这是西方人心目中的好房子。

二十啷当岁、在国外留学快五年的儿子，说他在网上浏览了各种风格的装修，最喜欢的还是中式风格。我又惊又喜，你瞧，文化的基因就是这么强大，就是这样传承下去的。

结庐在人境。精神上的寄情，才是中国人心目中好房子的要义所在。

讲个故事。乾隆年间，嘉兴桐乡的一次文人雅集。有人作诗有一句"红英留衬雪狮眠"，得到大家赞叹。这句话的意思就是，花园里的蔷薇花落了一地舍不得扫，让雪白的小狮子狗躺在上面睡觉。的确很有生活情趣，画面感很强，于是，雅集中有位画家以此为题作了一幅画，就是著名的《映花书屋图》：一组雅舍映在古木丛中，门前一带曲墙。没有小狗，没有花朵，只是有一条长长的竹篱花架，围着主人的雅舍。

雅舍、古木、花篱，浓浓的现世安稳生活气息，这恐怕就是古人向往的生活。住在这样的房子里，心一定会宁静许多。嗯，天空飘来一行字：房子是用来住的。

最近，特别迷恋沈周。我发现，沈周的很多画，描述了江南好房子的样子。

要有树。沈周的《复崦清溪图》，这房子的绿化率和容积率，羡慕嫉妒恨不？

要有竹。无肉使人瘦，无竹使人俗。沈周的《溪山访友图》里的竹，绝对是高人所种，寥寥数杆，清逸高雅。

要有鹤。古人所谓"梅妻鹤子"，是种风度和态度。沈周的画叫作《鹤洞》，是他为友人所作《东庄图册》之一。够味儿吧？

要有鸿儒往来。谈笑有鸿儒，往来无白丁。沈周的《魏园雅集图》是一次社交生活的真实记录。古人的房子，就是他们的社交平台呀。

要有书香。渔樵耕读，忠厚传家。沈周《耕息轩》里的各种器物非常好地描述了古人的生活内容。晴耕雨读，诗书继世长。

这就是古画里的中国式好房子。向往。

另一种自由

今天，是 2020 年的最后一天。这一年，是很多人或不愿，或不忍，或不敢回望的一年。

有三句话，一直在我心里。这几句话，早就已经有上千年的历史了，也会一直停留在我心里。

在今天写下对它们的认识，是因为在过去难忘的一年里，我对这几句话有了或多或少的新理解和新感受。

初学分布，但求平正；既知平正，务追险绝；既能险绝，复归平正。

这句话来自于唐代孙过庭的《书谱》。这是一部传世的书法美学经典，读到这句话时，我正坐在下班回家的地铁上。

一边走出站台，一边回想起一些有意思的事情。想起了小时候的书法老师给我们讲过一个流传甚广的故事：王献之六七岁的时候练字，其父王羲之从背后拔他的笔，使了半天劲儿愣是没有拔掉。于是乎，王献之成了大书法家。因此，后人依据此故事推断，要写好字，执笔力度要大，要用足力气，最好别人从背后都拔不掉。

可是，我现在的书法老师说，握笔不能使蛮力，要自然、灵活、顺畅。人有不同，找到最适合自己的方式便好。

小时候，书法老师要求我们每个字大小一样、轻重一样、墨色一样，一张纸上呈现出整齐划一的状态；现在呢，书法老师要求我们注意字和字之间的联系，字和字之间要相互关照，要有轻有重、有大有小、有深有浅、有枯有润。

为什么不一样了呢？

原来，我们是在学习书法的路上呢，处于不同阶段。平正，险绝，再平正。

我想：这哪是书法理论呀，分明是人生哲学。孙过庭的时代，距离现在有一千多年了。然而，读来竟与当下的现实毫无违和感。他的意思，还有另一种表达：看山是山，看水是水；看山不是山，看水不是水；看山还是山，看水还是水。

我清楚地记得，走出地铁站的时候，天色还亮着，淡红和橘黄的晚霞已经在天边出现。当时是五月的天气。树木葳蕤，空气中有属于春天的暖洋洋的气息。我在心里默默念着那些在街头站立的树的名字，栾树、朴树、枫杨、女贞，发现它们的名字也是如此芬芳动人。

仿佛岁月静好。人流、车流，市声喧哗，最平常不过的街景，却让人感到心安。

原来，险绝之后的平正，是多么珍贵，让人欢欣。

《书谱》里还有一句话，我特别喜欢：通会之际，人书俱老。就是说当你能把险绝和平正融为一体的时候，年龄和书法都老了。原来，老也是好的。

那么，让我们再温和些，再内敛些，再朴素些。

> 虽趣舍万殊，静躁不同，当其欣于所遇，暂得于
> 己，快然自足，不知老之将至。

这是《兰亭集序》里的话。阳春三月，好朋友在溪水边聚会喝酒，王羲之醉了，借着酒精的力量，在微醺的状态下写就千古名篇。因为是一挥而就，所以又涂又抹。据说，王羲之后来想重写《兰亭集序》，居然再也不能写得那样好了。

大概有两三年时间了吧，我常常反复临《兰亭集序》。渐渐的，作为一名书法初学者，开始能体会到书法老师讲的"笔意顾盼""形断意连"等书法之美。笔势呼应，往来有情，那些看不见的、在空中完成的"牵丝"与"连带"，实际上是人的情绪在带动。笔墨留在纸上的，其实不仅是墨迹，也是心迹。

《兰亭集序》是欢畅的，又是深沉的。那句"欣于所遇，暂得于己"，我的理解是这样的：人世间遇到的一切，人与物，于每个人，都是暂时拥有。

暂，是人对于世界应有的姿态。

王羲之生活在东晋时代，那个时代战乱频仍，所以王羲之

写过非常感伤的《丧乱帖》《频有哀祸帖》等。读到诸如"丧乱""奈何""顿首"之类的词时，很难想象这些都是出自王羲之笔下。我们记得的，是他记叙山水之美和朋友欢聚的《兰亭集序》，是他畅快淋漓的《快雪时晴帖》，是他用饱蘸生活情趣的笔写下的《奉橘帖》。

世间，人情最美。

于是，我想，从来没有一个完美的时代，但每个时代，都有一些活得自在的人。他们的自在，来自于一个独立的精神空间。这些自由自在的人，他们像烛火一样，照亮了后来者的路。

人的一生，都是暂时寄居天地之间。想明白了一个"暂"字，无论世间沧桑几许，我们都可以"仰观宇宙之大"。

那么，让我们再坦然些，再温暖些，再从容些。

　　寒来暑往，秋收冬藏。

这句话，是《千字文》里的一句话。

2020 年的上半年，几乎每天临《千字文》。最初宅家的那段时间，天天盯着手机查看各种信息，心中惶恐。我一旦察觉到自己的这种状态，便会拿起毛笔写字。

书法，真是我的药。反正，拿起笔，立刻就会被带入一个安静的空间，仿佛进入一种充电状态，平静又充实的感觉渐渐就回来了。总有一些时候，我们处于生活的急流和旋涡之中，全心全意专注的平静，便是唯有自己才能给予的礼物。

寒来暑往，秋收冬藏。这句话是一幅既有外在环境描绘，又有自己内心感触的画。中国的农业文明时代漫长，每一次的季节轮回都非常重要。上至帝王，下至田舍小儿，都重视节气和农时的变化。谋事在人，成事在天，农民是靠天吃饭的。所以，敬天畏天的农耕文明基因，就世代流传下来。

每次临到这句话，我的心里便有说不出的快乐与安慰。告诉自己：一切都会过去的。

四季流转，万物应时而生。世间太多事，要凭天意。人呢，应顺时生活。那么，让我们再沉静些，再谦卑些，再柔软些。

以上三句话都与书法有关。工作、生活已经够忙碌了，为什么还要写字呢？写字，就是与古人神交。在相隔久远的时空，一千多年前，就在某个不知名的地方，竟然有人与你心心相印。你所困惑无解的，早已有人替你一一解答。想到这里，心下便安然。心静了，便自由了；自由了，便自在了。

林散之老先生有句话：人生多苦难，有点儿艺术，是安慰。对着呢。人生实苦，小时候吃的药片都包着糖衣。艺术，就是这层糖衣。

今天中午，在路边碰到了卖蜡梅花枝的人。他把自行车靠在人行道的栏杆上，自顾自在冬天正午的太阳下吸烟，任自行车车篮里的蜡梅挤挤挨挨、兀自绽放。从旁走过，便能闻到蜡梅香。挑了两大把，回家插起来。

今日跨年。

但愿人如树，心中有年轮。

论一枚五十岁女子的可能性

我最近迷上了《十三邀》。品味着许知远和嘉宾对话里展现出来的丰富人性，着实有趣得很。

有意思的人，有很多。女性嘉宾也不少，看过张艾嘉、陈冲、俞飞鸿、姚晨、林志玲的访谈之后，慢慢地，有一个问题浮现出来：五十岁的女人，人生还有可能性吗？

我们有办法避免衰老吗？至少在目前看来，没有。

看到诸如"冻龄""逆生长"之类的词，常常感到好笑。多么暖心的谎言啊！总有大把大把的人，特别是中年女人，遇到这样的说辞，便怀着天真的少女心照单全收。

是啊，谁不爱青春年华？可是，谁又不会老呢，无论你富贵或贫穷、高贵或卑微、博学或无知。

放眼往前望去，今天，永远是我们有生之年最年轻的一天。生命匆匆向前，终究是一趟单向的行程。在我们越来越老的过程里，我们有没有可能活得精彩一些？如何活得精彩一些？

在《十三邀》视频里，许知远拿着一本 1989 年的老杂志，来到北京一家夜店。杂志封面上的女人，穿着极其前卫的服装，叉腰站着。就用当下的眼光来看，这女人仍然是性感辣妹。几位年轻人一眼认出："陈冲啊，我很喜欢。"在继续聊陈冲的时候，"大胆""独立""做自己"等词汇被频繁使用。就是在几个混迹夜店的年轻人眼中，陈冲也是个另类的存在，因为她做了无论是她同时代抑或是现时代大多数人都不敢做的、无法企及的事情。

本来我以为，如我等"七〇后"喜欢的陈冲，年轻人应该很陌生，看来，事实并非如此。想来也是，我查了陈冲的电影年表，即使从 2010 年起，在年过半百至花甲之年的十年里，陈冲也从来没有停止过探索，不断尝试新的身份，从演员到编剧、导演；同时，不断获得新的奖项。

她生于 1961 年，今年六十周岁。

许知远对陈冲说，我觉得你有洛丽塔的精神，一种成熟的天真。这个评价简直不能再精确，陈冲正是这样的一个老天真。

在《十三邀》里，室内，陈冲只穿一件白色 T 恤和短裙，素着一张脸，侃侃而谈；在海边，她穿着运动衫和牛仔裤边走边聊，头发被海风吹得很乱。

此时，她是真实的自己。仿佛，她压根儿没想到自己已是六十岁的人。好像，世界敞着年轻的怀抱，正在等她。

年轻时，陈冲曾经写下对爱情的感受："他不知道我之所以可爱，不是因为我的清白，而是因为我的丰富。"这样的一句话，用来做陈冲一生的注脚，也是十分合适的。当陈冲被问及年纪，她说："老没那么可怕，可怕的是朽，是思想的固化，对理想的放弃，变得玩世不恭。"

有道理，老不可怕，可怕的是固化与放弃。

关于年纪，《约翰·克利斯朵夫》里有一段话：大部分人在二三十岁时就死了。因为过了这个年龄，他们只是自己的影子，此后余生都是在模仿自己中度过，日复一日，更机械，更装腔作势地重复他们在有生之年的所作所为、所思所想、所爱所恨。

大学的时候，就读过这本书，当时只觉读到了一个英雄的故事。而最近的重读，好多不起眼的句子让人心生感慨。我想，岁月里究竟埋藏了多少线头，一拉就能扯出大把的理智与情感。

是啊，大部分人在二三十岁时就死了。死心，放弃。所以，法国文学家罗曼·罗兰说：人生只有一种英雄主义，那就是认清生活的真相后，依然热爱生活。

再说说张艾嘉。一想到张艾嘉，大多数人立刻会想到唱了几十年的歌《爱的代价》，也会想到刘若英主演的电影《少女小渔》。在心里头，对张艾嘉的年龄从没在意过，只是觉得她的艺术生命惊人的漫长。

生于 1953 年的张艾嘉，今年六十八岁了。

其实，从二十世纪七十年代开始，她就是一个耀眼的明星，文艺片、商业片，唱歌、导演，她无不涉猎。在她的同代人已然淡出公众视野的时候，她依然受欢迎，并且依然保持着她特有的既有理想又叛逆的独特魅力。

或许，对这样的人而言，年轻的心不会逝去，流逝的只是荷尔蒙、胶原蛋白。

2002 年，张艾嘉快五十岁了，这一年她凭借电影《地久天长》获香港电影金像奖；2004 年，五十一岁的她获柏林电影节金熊奖提名；2017 年，她导演的《相爱相亲》上映，2018 年获亚洲电影大奖终身成就奖。

好像岁月特别偏爱她，她成了一个打破空间、时间限制的女人。

在网上找到了一篇张艾嘉四十四年前写的文章，谈及当时台湾电影女星的普遍现象。当时她才二十四岁。

"青春色相是最重要的条件，红的时候就要狠赚一笔钱，当你逐渐发胖，眼角有第一条皱纹时，便赶快开始物色好丈夫，接着当然就是收山、嫁人、生小孩，从此之后，电影这一行就和你再没有一点关系和联系。"

读到这里，我笑了，几十年过去了，不要说普通女人如此，原来电影明星也是同样的命运。

在《十三邀》里，许知远问她：有时候你会不会觉得这代人在舞台上的时间太长了？张艾嘉答得很快很干脆：不会。你是说我该下台了？随后大笑。她说：别人觉得应该退休，但我觉得是人生的新开始。

和大多数女人不一样，在生命的历程里，她长久地做着她自己。可是，这就是她呀。

印象很深的，还有《十三邀》里许知远和林志玲的对谈。面对美女，许知远的话题很直击人心。

许知远：你不害怕衰老？

林志玲：每个人都害怕"老"这个字，也不喜欢被人家说老，但我觉得能够优雅地跟时间共处，一直走下去很重要。

许知远：你现在感到自己衰老吗？不好意思。

林志玲：没关系。可是很意外的，我就是完全没感觉。

许知远穷追猛打，林志玲操着她著名的娃娃音腾挪有术。

接着，林志玲又说了：我觉得最怕的就是你随着年纪增长，你就觉得说我也没有什么好感受的，这些我都做过、吃过、看过，我为什么要去尝试？你失去了感受力，你失去了冒险力的时候，我觉得那就是你开始衰老了。

其实，美丽的志玲姐姐是 1974 年生人，也已四十七周岁。在这样的年纪，因"姐弟恋"修成正果远嫁日本，是不是林志玲在冒险呢？也许，就这样打开了林志玲想要的人生的另一种可能性。

林志玲口中的"感受力""冒险力"，陈冲说的"固化"和"放弃"。这几个词，也许就是影响一个五十岁女子的可能性的关键词。

作为一个五十岁女子，其实，我也有自己的几个关键词。

第一个，我还小。嘿嘿，年龄大小，看跟谁比。在前几年，我开始学习书法和绘画。最大的收获，便是懂得了"我还小"。我拿自己和齐白石大师比，他六十多岁才衰年变法，找到了属于自己的风格，然后画到九十多岁。所以，不要怕老，我还小呢。

第二个，高级灰。第一次听说这个词，是画家老杨形容灰色。灰色，为什么高级呢？因为它包容，因为它稳定。任何颜色里掺上一点儿灰色，立刻会变得柔和低调。我想，高级灰的人生态度里，包含对现实的接受。接受自己的容貌不再光鲜亮丽，接受自己的身段不再挺拔苗条，接受自己的工作不如别人干得好，接受自己的房子不如别人的大，以及其他所有世上一切不如意。

第三个，读书续命。人生是单向街。如何让自己的体验不唯一？多读书呀，去书里体会各种各样的人生。成本最低，最易实现。弘一法师写过八个字：谢绝诸事，闭关用功。我们一生都要在红尘里用功，一点点地体验，一点点地长进。

敢不敢想，下一个五十年，你会怎么过呢？你会变成谁呢？

拿起画笔，我就是爱丽丝

　　小时候，美术课的作业，我都带回家去，由妈妈完成。班上有的女生最喜欢画蝴蝶，用各色鲜艳的蜡笔涂满。我很羡慕，然而全然不会画。所以，人到中年，当我拿起毛笔学国画，心里是自卑且惶恐的。然而，乐趣就像肥皂泡越吹越多一样，向我扑面而来。于是，我欣喜且沉醉。世上有些事情吧，就是如此不可思议。何必管它画得好坏呢，画就是了。就像农民种地一样，只知耕耘，不问收获，一切皆好。

　　记录下学国画的感受吧。不想管它对或不对，它们源自我的内心，是我心灵的蚌里面长出来的珍珠。

　　首先，要有人。以前一直觉得，国画好像都是千篇一律的。渐渐地，发现其实并不一样。国画中的山水画里常有人物，目的只在表现人物的姿态特点，却不讲人物各部的尺寸与比例。故中国画中的人物，仿佛简笔画一般，又呆又萌，他们叫"点景人物"。

我特别喜欢临石涛的山水画。齐白石说他"下笔谁教泣鬼神，二千余载只斯僧"，吴冠中更以"中国现代美术的起点"为其正名。也许石涛出身皇族，骨子里有大家气象，他的山水画特别讲究气势，给人的感觉是波澜壮阔、气势磅礴。

可是，真正的大家都是赢在细节的。所以如果你仔细看他的画，看那些还没有指甲盖大的小人儿便会知道，他在处理这些小人物的时候，是多么用心。这些小人儿真的太萌了，为画面增色不少。

其实，我觉得，中国的山水画描绘的从来就不是纯粹原始的大自然，而是画家心中的某个所在，既是艺术更是生活。所以，古人的山水画呀，这里画间小屋，那儿添个渔船，要么有个游人正在山路上前行。

然后，要敢留白。

留白，我觉得就是中国人精神上的"断舍离"。删繁就简三秋树，领异标新二月花。可见，在古代，简洁就是一种先锋气质。

我想起了千利休。剪去满院牵牛花，只留一朵待客。丰臣秀吉大吃一惊。剪掉一院牵牛花只留一朵，简直行为艺术一般，真是艺高人胆大。

从前，我不喜欢齐白石，觉得真是俗气。人到中年，渐渐觉得齐白石大师真是一个赤子。俗得很可爱。

白石老人有张画，画的最上部是几幢密匝匝的房舍，画的下部是春风又绿江南岸的万条丝绦，中间大片大片留白。这样的一幅画，足以把春色描摹得让人心神荡漾。一条又一条又柔软又绵长又细密的杨柳枝啊，美醉了。留白，让春的气息弥漫开来。齐白石果然是大师气派，中国气象。

其实，齐白石也有画得很密很密、密得通不过气来的画。有个四条屏，被称为齐白石一生中画得最为稠密的作品，在画作的其中一条题款中齐白石写道："余平生所作之画，最稠密以此四幅为最。"另外一条又题："余画此幅成，得诗一首，惜无空处不能写上。"

为啥？

因为齐白石作此画时是有大喜，年近六旬娶了十八岁的宝珠姑娘，画画也将其得意之情溢于画作之上。这四幅画是送小舅子的见面礼。

除了这四条屏，白石老人一向是惜墨如金的。

懂了吗？看来人都有脱离正常轨道的时刻，大师亦然。

还有一条，要懂深浅。

毛笔落于纸上，黑白分明，此时的感受仿佛"天地玄黄，宇宙洪荒"。而你就是那开辟黑白世界之人，你的法宝就是手中的一管笔。

墨色的表达非常丰富，"墨分五色"着实让世人惊叹。其实，这都是宣纸的功劳。中国宣纸神奇的渗透力和吸附力，再加之特有的纤维结构，让文人们口中的"焦、浓、淡、干、湿"五色成为现实。

鲁迅说：印版画，中国宣纸第一，世界无比，它湿润、柔和、敦厚、吃墨、光而不滑、实而不死，手拓木刻，它是最理想的纸。鲁迅是个版画高手，这是他手拓木刻版画时使用宣纸的感受。听他形容宣纸，仿佛在描绘一位以柔克刚的古代君子的品行。

宣纸上的中国，只需黑白两色而已。

在《爱丽丝漫游奇境记》里，有个美好得如宝藏之地的树洞，可以躲避尘世里的喧嚣与烦恼，也是爱丽丝最爱的奇境。拿起画笔，我就是爱丽丝。

你的那粒丹砂

张三丰爱徒被奸人所伤，骨节尽数折断。张三丰晚间心痛得无法入睡，一个人伸指在空中一遍遍书写着《丧乱帖》，一笔一画中充满了沉郁悲愤之气。

一遍又一遍临完《丧乱帖》，张三丰意犹未尽，情之所至，用二十四个字将武功、书法、情感相融合，创造出独一无二的"倚天屠龙"绝世武功，每一字都包含数招，写一字都有数般功夫变化。

这是金庸《倚天屠龙记》描写的一个场景。武林至尊张三丰确有其人，太极拳祖师，武当派创始人。

金庸的厉害，在于他对中国文化的融会贯通。他的武侠小说中，有不少手中没有刀和剑的白面书生，他们的武器就是一支笔、一把扇或者是一管箫。凭着这些风雅的武器，他们武艺超群且笑傲江湖。

虽然我极爱金大侠，但今天不聊武侠。我想聊聊另一种中国功夫，记录下那些和书法有关的事情。

第一个词：墨分五色。

小时候有书法课，老师批改书法作业时，会在毛笔字上勾出一个个表示赞许的红圈。老师批改后的书法作业纸发下来，大家常会数上面的红圈圈的个数，然后互相比拼。这是童年的一大乐事。

人到中年，重新拿起毛笔，心里有些紧张和不自信。当毛笔在水中散开，紧结、干燥的毫毛舒展开来，心境仿佛也变得柔顺舒展起来。这种感受，在泡茶的过程中也体会过。一束细若发丝的毫毛，一撮干枯卷曲的树叶，它们都在投入水中的一瞬间，重获新生！经过无数次梳洗、脱脂、整理的毫毛，经过无数次揉捻、翻炒、烘干的树叶，它们在水中焕发新生，虽不是流光溢彩，却珍贵而又笃实。心中默念，造化神奇，要懂珍惜。

毛笔落于纸上，黑白分明，此时的感受仿佛你就是那开辟黑白世界之人，你的法宝就是手中的一管笔。墨色的表达非常丰富，"墨分五色"着实让世人惊叹。其实，这都是宣纸的功劳。中国宣纸神奇的渗透力和吸附力，再加之特有的纤维结构，让文人们口中的"焦、浓、淡、干、湿"五色成为现实。鲁迅说：印版画，中国宣纸第一，世界无比，它湿润、柔和、敦厚、吃墨、光而不滑、实而不死，手拓木刻，它是最理想的纸。鲁迅是个版画高手，这是他手拓木刻版画时使用宣纸的感受。听他形容宣纸，仿佛就像在描绘一位以柔克刚的古代君子的品行。着墨于纸，宣纸是包容的；浸墨有度，宣纸是含蓄的；墨色晕染，宣纸是浪漫的。

如此想来，遇见书法，是一件多么幸运和幸福的事。心中顿生欢喜。

第二个词：日拱一卒。

练习书法其实是枯燥的。要练好，就要每天练，不断重复。现代社会，海量信息，我们用"刷"屏来获取信息，用浏览来代替阅读。重复，在我们看来，几乎就是浪费时间。

可是，当我重新练习以前临写过的字帖，我发现有那么多的细节以前竟然没有注意到。另外，重复临摹字帖，也正是一种字斟句酌的理解和深刻体验的阅读。一遍又一遍临写《论语》之后，孔子和他的弟子们的种种，仿佛电影一幕幕地印在了我的脑海里，时不时某个场景不由自主浮现，让我莞尔。

从小，我们就被灌输勤奋的重要性。而学习书法的路上，勤奋真的就是一条必由之路。随便翻开一本书法书，"羲之吃墨""张芝临池""智永笔冢""怀素书蕉"，这些都是一定会讲到的故事。王羲之边吃馒头边写字，把墨汁当糖蘸到了馒头上，浑然不觉，依然吃得香甜；张芝写字的墨汁把家门前的池塘都染黑了；智永用过的废弃的毛笔堆积成冢；怀素因为家贫没钱买纸，每天在芭蕉叶上练字。你看，书法大家，都勤奋得惊天地泣鬼神。

他们都在做一件事：重复。

鲁班学艺前，师傅让他砍倒一棵树，凿出洞眼儿，要六百个方的，六百个圆的，六百个棱的，六百个扁的。这个故事，小学的时候，我们都在语文课本上读过。日日挥刀，日后才能任性挥洒。

日拱一卒，不断重复。这条法则适用于书法，也适用于书法之外。

在当下的生活里，书法不是日常必备的技能。我们又练不成书法家，为什么还要练呢？我想的是：世事纷扰，能有全心全意、一心一意、专注平静的时刻，让你从尘世中脱身，淡泊安宁，这是生命送给你的何其珍贵的礼物。这是平凡岁月里的动人时刻呀！平静而又欢喜地收下这份礼物，再让它成为日常。

把一切交给时间。你只管每天练啊练就好。

第三个词：计白当黑。

记得教我们书法的汤老师说过，书法最重要的，应该是两个笔画间看不见的勾连，或是那么隐约可见的牵丝连带。是的，那些未曾落在白纸上的黑色笔画，它们是在空中行走的。看不见，却有迹可循。

当时并不明白。只觉得非常有趣有意味。后来，知道这就是"计白当黑"。语出邓石如："字画疏处可以走马，密处不使透风，常计白以当黑，奇趣乃出。"

其实，这也就是中国画里常说的"留白"。南宋马远的《寒江独钓图》，只见一幅画中，一只小舟，一个渔翁在垂钓，整幅画中没有一丝水，而让人感到烟波浩渺，满幅皆水。

能感到一纸汪洋吗？谁谓河广，一苇杭之。

岂止书画需要"计白当黑"？人生有很多空白处，要好好留意。要像在意你已经拥有的一切那样，在意它，不要忽略它。因为那片空白里隐藏着未知的财富，也是你的呢。而且，那片空白，正是塑造未来的你的原材料呢。

中国方块字很神奇。那么，"文字"究竟是什么意思呢？"文"

在造字之初，是一个胸前有文身的人；"字"，竟然是生育孩子的意思。而在仓颉造字之后，"天雨粟，鬼夜哭"。鬼神夜哭，因为人类找到了文明与文化的源头。我们每个人，都是文字的孩子。对于文字，我们要善待，要传承，要精进。

这篇文章是用金庸的《倚天屠龙记》里的故事开头的，还用这本书里的故事来结束吧。《倚天屠龙记》的结尾处写道：张无忌这日无事，想起父亲外号"银钩铁划"，于是拿了一本碑帖，习练书法，盼能传承父志。岂知毛笔在手，笔毛柔软，虽运起九阳神功加乾坤大挪移手法，也难以操控。

九阳神功天下至刚，乾坤大挪移天下至巧，太极拳天下至柔，张无忌有了至刚、至巧、至柔的功夫，却无法控制毛笔，可见书法之难。

毛笔很软，需要你专心专注。

眼下很难，需要你屏气凝神。

生活很长，需要你久久为功。

齐白石有幅画，画的是铁拐李，上面题款里有句话送你：尽了力子烧炼，方得一粒丹砂。

我以为，我们每个人，都在烧炼自己的那一粒丹砂。

尽力修炼，终得你的那粒丹砂。又红又圆。

四月的纪念

那天早上，刚好雨停，妈妈带领我们三姐妹一起给父亲和其他故去的亲人们烧纸钱祭拜。每年清明节前，妈妈都会非常隆重地操办，折元宝、买纸钱、写名帖，事无巨细地忙碌起来。

妈妈八十一岁了，虔诚信佛。至今，她仍然每天抄经、念经。但是，她不刻板不执着。看着她的日常生活，我常常想到一句话：心法要在世间修。

烧纸钱之后，我们去墓地祭奠。用自己带去的毛巾和清水仔细地擦拭墓碑，供奉鲜花，然后放上水果、糕点。我们会专门在父亲的墓碑前供奉茶和酒，这两样都是父亲生前的爱物。母亲，则会和父亲说上几句话，然后全家一起鞠躬再鞠躬。

直起身，眼眶总是湿润的。一瞬间，某个念头把喉头给哽住了。

这时候，我提醒自己抬头去看天。正是雨后初晴。我最爱春天里雨过天晴之后的天空，虽说是阴天，却又透着清新的蓝色。中国画里常用的一种叫作"花青"的颜料，用水化开来就是这个颜色。此时树叶的绿，都是新鲜的嫩绿色，甚至带点儿草黄色。阴蓝蓝的天幕下，只见满眼的新绿温柔，非常美非常静。此时，植物的香气氤氲起来，那种青草混合着花香的气息，是安静的，也是安慰人心的。

之后，全家便是踏春、聚餐。渐渐地，大家又开心起来。生活中，重要的从来不是哀伤，哀伤之后，需散怀而去，继续生活。

每年此时，我都会想起弘一法师临终写下的"悲欣交集"。是啊，死和生，悲与喜，本来都在。

古人也是这样过清明的。

最近常翻《东京梦华录》。写到清明节，有这么一段：四野如市，往往就芳树之下，或园圃之间，罗列杯盘，互相劝酬。都城之歌儿舞女，遍满园亭，抵暮而归。

这样轻松愉快的欢快场面应该是在上坟扫墓之后。东京，也就是现在的开封。东京郊外四方的原野热闹如同集市，踏青扫墓的人，往往聚集在美丽的树下，或在园林花圃之中，摆列杯盘，相互敬酒。京城中男男女女的歌舞艺人，遍布各处亭园献艺。直到日暮时分，人们返回城里。轿子则用鲜花装点，柳枝从轿顶悬挂下来。

你会觉得，本应悲凉肃穆的时刻，被古人过成了绚丽多彩的节日。

可不是吗？

宋人有诗云："无花无酒过清明，兴味萧然似野僧。"在这里，赏花饮酒仿佛已成为清明标配。

东坡先生给好友李公择写信，郑重其事地说："人生唯寒食、重九，慎不可虚掷，四时之美，无如此节者。"古人把"清明"作为节气，把"寒食"作为节日，"清明"即为"寒食"禁火后改用新火的第一天。所以，这个时节，既是禁火扫墓又是踏青赏春，两大看似矛盾的主题就这样被巧妙地糅合在了一起。是的呢，像极了我们悲喜交加的人生。

曾经有位外国人在网上问："中国人每年孜孜不倦地祭拜祖先，真的会得到祖先的庇佑吗？"

这个问题，相信很多中国人也问过。有人问过别人，有人问过自己。

现在，我只是想，我们这样对待祖先和逝去的亲人，后代也会这样对待我们。人生代代无穷尽矣。

在最美的人间四月天里，不忘故人、莫负春光。

一个女人的精神成长史

　　两个少女，非常要好。一个呢，是学校里品学兼优的女孩，成绩好，脾气也一贯的温良，而且非常美丽；另一个呢，问题少女，没有父亲，在学校里是让老师头疼的学生，她也很美，但她就像一棵散发诡异的浓郁芳香的开花植物，非常诱惑人。

　　就这么两个女孩，一辈子的命运纠缠在了一起。她们爱上了同一个男人，或者说这个男人同时爱上了她们俩。

　　其实，这两个女孩活在每一个女人体内。对于男人来说，她们是红玫瑰与白玫瑰。故事，就这样开始了。

　　这两个女孩，一个叫七月，一个叫安生。为什么叫七月呢？那是她出生的月份。那一年的夏天非常炎热。对母亲来说，酷暑和难产是一次劫难。可是她给七月取了一个平淡的名字。为什么叫安生呢？生她的时候，母亲孤苦无依，希望这个美丽的女婴将来能有安定的生活。对这两个女孩来说，对方就像是这世上的另一个自己，她们是彼此生命的另一种可能。

庚子年的梅雨季节，很是漫长。在七月的第一个周末，在滴滴答答的雨声里，宅在家里看了电影《七月与安生》。当然，这部电影已是四年前的老电影。当年，两位女主角周冬雨和马思纯，双双摘得金马奖最佳女主角奖，成就金马奖颁奖史上第一次双影后，曾轰动一时。

看这部同名的小说，是在二十年前。当年，作者叫安妮宝贝，如今她叫庆山。二十年来，我读过她出版的每一本书。从前，当她还叫安妮宝贝时，她的书名叫《告别薇安》《蔷薇岛屿》《素年锦时》，她的小说格调清冷、孤寂、阴郁，与"安妮宝贝"这个名字透出来的风格，非常不搭调。果然，她后来改名了，我亦欣喜，仿佛遂了我的心愿。后来，当她叫庆山的时候，她的书名叫《得未曾有》《月度童河》《夏摩山谷》等具有古意与禅意的名字。

一个作家，是自己真心喜欢的，又刚好与自己同龄，真的是一件很幸福的事。二十年了，眼见着她从安妮宝贝变成庆山，从少女变成人妇、人母。同为七十年代生人，青春，俱往矣。

从她的作品里，我仿佛看到了自己人生的脉络和心路历程；仿佛身边有个人在随时分享她的故事与风景，而这些故事恰恰你或许经历过，或许将来会经历，而这些风景也许你也曾为之停留、驻足；又仿佛有个人时而与你同路，时而又分道扬镳，居然在某个路口又再次遇见。唉，人生的草蛇灰线绵延千里，其实早已埋伏在那里，只是当时我们并不知晓。

过了二十年，再看这两个少女的故事，感受与当年完全不同。我们都曾是当年的七月或安生，或者身上或多或少都有她们的影子。二十年后，七月和安生，她们还好吗？还活在爱情里吗？还有友情如铁吗？跨过二十年时间的鸿沟，今天，我不想谈少女的爱情，我想谈谈中年妇女。

关于爱情。人到中年，仿佛离爱情远了。一个女人，到了四五十岁，女人之为女人的部分，好像在剥离。社会在剥离，女性自己也在剥离。仿佛被爱抑或爱人，都是中年妇女生命中不能承受之轻。

聚会时，遇到的中老年夫妻，他们常常相互之间不亲热，甚至不亲切，言语之间互不相让，这样的场面让我心寒。我更乐于见到年轻的小夫妻，不说蜜里调油，至少是夫唱妇随。我喜欢看到女人眼波流转投向爱侣的充满爱意和信赖的眼神，也喜欢看男人宠溺妻子的种种习惯性的小动作。这样的恩爱夫妻，让我感觉到生命的温暖和生活的温度。

年轻的时候，倾向于绵密的爱情观，藤绕树似的那种，以为彼此越粘连越像爱。中年人的爱情，应该变得疏朗。因为都爱着生活，其实就包含了爱彼此。所以，爱情是奢侈品，如果你有，一定要好好保养它，哪怕你人到中年，甚至暮年。

中国人常常会说的一句话是，夫妻久了就变成亲人，爱情就转变为亲情。你信吗？反正我不信。爱情永远是爱情，哪怕我白发苍苍，我相信自己仍然能辨别出它特有的珍贵质地。诗人艾青这样说过：这个世界，什么都古老，只有爱情，却永远年轻。

关于强大。最近，"能打"这个词，特别流行。我们经常看见形容一个女的好看，叫"颜值很能打"；形容职场中能掌控场面、遇强则强的优秀女性，也会说"她在那个领域特别能打"；甚至内心强大、性格坚韧，也可以说"她特别能打"，就是你很难在某个层面打赢她。特流行的一句话叫"这个姐姐我一看就打不过"，唉，这种语言暴力直白，好不斯文，却说明了当下社会的一种诉求。

我喜欢的一个女性朋友，虽然远在宁夏，但我们一直心意相通。她已人到中年，升到公司的高级经营管理层。但她越成功，越强大，越柔软。我喜欢她的一句话："一切的收获都只能使我们更加谦和，使我们的心更加柔软，更加宁静。"柔软，是人生最好的质地。

所谓的强大和成功，只要它没有给你带来内心的轻松和安乐，没有让你身心柔软，就不是真正的福报。

关于变化。我听过的最可怕的关于更年期的描述是这样的：更年期，一言以蔽之，变性。男人变女人，女人变男人。几个意思？这句近乎刻薄的话好像也解释了一个常见的现象，生活中，有的男性越老越慈祥，女性越老越剽悍。的确，随着岁月流逝，你会发现身边的女性越来越强悍，越来越强势，"小鸟依人"形容的大多是少女或少妇。所以，人到中年，男的要防油腻，女的要防怨气和戾气。

是呀，看看镜子里的自己，眼神不再清澈，腰肢不再柔软，身材不再纤细。时光，把你变成了一个自己都不认识的人。

《红楼梦》里贾宝玉有段话，非常有意思："女孩儿未出嫁，是颗无价之宝珠；出了嫁，不知怎么就变出许多的不好的毛病来，虽是颗珠子，却没有光彩宝色，是颗死珠了；再老了，更变的不是珠子，竟是鱼眼睛了。"女孩儿未出嫁时清纯可爱，出嫁后就渐渐世俗势利起来，最后就俗不可耐令人生厌。这是一种常见现象，但并不绝对。宝玉小小年纪，这番话其实已经非常深刻。

为什么人会越来越世俗势利？因为入世渐深，经历太多。这点，男女都一样，真正是人之常情。真希望，通过岁月的打磨，让我们人性里的丰盛像钻石一样显现出多种侧面，用爱和美把我们整个人又琢又磨打造得熠熠生辉，充满丰富人性的光辉。

世俗是真的，智慧也是真的；势利是真的，练达也是真的；卑微是真的，骄傲也是真的；铁骨是真的，柔情也是真的；背叛是真的，爱也是真的。人类，就是如此复杂的生物。

中年的生活，在精神的千疮百孔之下，仍然有许多美好。那么，让我们该美丽的时候美丽，该任性的时候任性，该慈祥的时候慈祥，该平和的时候平和，该柔软的时候柔软。

致敬中年。

一直跑

清明时节的春风里，孔子的学生曾点说他想要"春服既成，冠者五六人，童子六七人，浴乎沂，风乎舞雩"。他们是"咏而归"的。孔子说，这是他赞赏的人生态度。

《兰亭集序》记载了一次千百年来传为美谈的文人雅集。那是农历三月三，和清明节气也离得很近。那些名士们"欣于所遇，暂得于己，快然自足，不知老之将至"，这场著名的集会从"修禊事"开始，亦为人间之事的起兴。

所有的句子，都踩着古乐来了。然而，我最钟爱的，是东坡的"且将新火试新茶。诗酒趁年华"。用寒食节之后新开的火，将新鲜的山泉水烧开，泡上一杯新采的春茶。作诗、饮酒，所有的美好享受，都要趁年华尚在啊。同样的享乐，在人生不同的年龄段，感受是完全不同的。

最近，在知乎上，有一个关于清明节的专题论坛，题目叫作

"好好说再见背后的生死观"。开篇的话写得很好：人生是一次单行的旅程，我们在过程中不断遇见，又不断与周遭说再见。我们常常对失去讳莫如深，但学会正视衰老与死亡是终身命题。

在这个人生的终极问题之下，知乎提出了一个又一个问题。

当今社会，青壮年成为主要生产力，而老年人群似乎在大众关注的目光中退守。但我们终将走向衰老，这是人生必经的过程。既然生命的意义不仅在于功能性奉献，每个年龄阶段都有着多维而独特的价值，那么，衰老的意义是什么呢？

故友相继去世，如何安慰年过花甲的父母？在日常生活中，我们应该怎样与父母好好相处和生活？

哪些人与故事让你觉得"我老了也可以这样就好了"？老年阶段如何自我实现，坚守人生目标？

问题很现实，每个人最终都会面对。

周末，一家三口在厨房边忙午饭边说话，儿子转身对我说：妈妈，你要接受你老了的现实。

当时，我有点儿发愣，也有点儿炸毛，忍着不快，我说：是的，妈妈老了。可是，为什么你觉得我没有接受自己老了的现实呢？

比如说吧，你看，你总是在意体重。在你这个年龄，健康就好。锻炼身体是为了健康，而不是减肥。儿子说得从容又淡定。

我点头说是。瞬间，我的心里跑过了一万只奔腾的马。不是说美丽是女人终生的事业吗？难道，到了一定年龄，我就应该退出这样一份事业吗？怎么，人一旦老去，性别的边界就会开始模糊了吗？

儿子轻轻拍了拍我的背，对我说：妈妈，今天的菜，我来炒！

儿子长大了，我怎么能不老呢？心头一热，瞬间释然。面对衰老，到底应该有什么样的心态、到底应该怎么做呢？有点儿难。

再说回知乎。在"我老了也可以这样就好了"这个问题下，有一个获得高赞的回答：

在马拉松的赛道上，经常会遇到一些老年选手。

他们大部分跑得不快，你稍微加点速就能超过他们了，但是可能在某个补给点，你突然发现，他们又追了上来。

他们不加速，不停留，不抽筋，不受伤，只是一直跑，这不仅仅是一种技巧，这何尝不是一种人生的哲理。

希望等我老了，能像他们一样，跑遍国内大小城市的马拉松，成为一个"百马老人"。

我也为这一回答点了赞。无论如何，人生的路上，要"一直跑"。

遇见另一个自己

　　赤木明登夫妇对着他们的食器柜，选了三十件器皿，一年一件，对购置的背景和制作者进行了介绍。

　　1987年，他们选了一件黑色漆器碗。

　　夫人赤木智子说：这一年，我们结婚，长女诞生。我们结婚之后，有次放假去逛艺廊时看到的，价格对我们来说偏贵，但还是很高兴能拥有这样一个漆碗。之后都拿来盛饭或汤，搭配在古董集市买的七个盘子。

　　先生赤木明登说：我最早认识的漆器就是东日出夫的作品。这个碗是模仿古漆器碗形状做出来的。东日出夫是人生经历丰富的人，虽然我是后来才认识他，但听说他读海德格尔、胡塞尔。我大学也是念哲学的，所以对这样的理论并不排斥，甚至觉得自己在创作上也受到这些思想的影响。

　　1988年，他们选了一件红色漆器碗。

　　夫人赤木智子说：这一年，某天明登下班回家，突然宣布要去当漆器师傅，然后就辞职，一家三人搬到轮岛。会选择漆器，一定是受到角伟三郎作品的感召。

　　先生赤木明登说：我在日本桥高岛屋看到角伟三郎的漆器个展，感受到漆器是有生命的，让我感动不已。他那个时代，豪华艳丽的轮岛莳绘非常畅销，是拿来装饰用的，然而角伟三郎反其道而行，做的都是没有装饰、朴素的漆器。他做的是拿在手上、拿来就用的生活用品，这也是回归漆器原点的工作。

　　赤木明登夫妇就这样如数家珍，展示了三十年三十件食器，都是他们一件件淘来，又一件件放入他们的食器柜，每天都在使用的。除了漆器，也还有陶器、瓷器、玻璃器皿。

　　赤木明登是现如今日本非常有名的漆艺家。大学时期学的是哲学，大学毕业后在东京一家报社当编辑。他的妻子赤木智子是个散文家，大学毕业后在出售现代陶艺的艺廊里工作。1962年，他们同年出生；1987年，他们结婚。婚后一年，有一天下班回家，赤木明登突然对妻子宣布，要去当漆器师傅了！于是一家三人搬到轮岛。

　　最早迷上赤木明登夫妇，是在读了赤木明登的书《造物有灵且美》之后。除了做漆器，赤木明登也曾采访过日本许多工艺家，与他们交流造物之美。后来，又陆续读了《美物抵心》《无名的道路》。当然，最喜欢的是赤木明登夫妻俩合著的《赤木家的食器柜》。

　　海德格尔有句话：一个人持有的东西，是他人格的部分呈现。如果是这样子，要认识一个人，就可以从他的身边之物逐渐扩展开。

　　想起了以前非常喜欢的一本书《我的宝贝》。三毛写的。三毛说：我有许多平凡的收藏，它们在价格上不能以金钱来衡量，在数量上也抵不过任何一间普通的古董店。可是我深深地爱着它们。之所以如此爱悦着这一批宝贝，实在是因为，当我与它们结缘的时候，每一样东西来历的背后，多多少少躲藏着一个又一个不同的故事。是的，三毛流浪全世界，万水千山走遍，这些宝贝来自世界的无数角落。

　　如果说，三毛的收藏，是流浪的印记，非常飒；那么，赤木明登家的器皿，就是生活的证明，非常暖。

　　赤木明登夫妇的人生听起来很像故事，那种朋友圈里非常流行的"逃离北上广，去三线城市创业"或者"卖掉北京的房子，去大理生活"之类的故事。真相不是这样。他们的故事里没有对于金钱的考量，没有对于成功的焦虑，有的只是艰辛、牺牲和热爱。

　　他们的故事里有艰辛。是的，艰难和辛酸。二十世纪八十年代，是日本最火红的时代，是日本人号称"买下美国"的疯狂年代。一切在九十年代初戛然而止，随后日本迎来了"失去的二十年"。当时，在东京，明登所在的纸媒和智子所在的古董行业，正是如日中天的时候。我不知道是什么能让明登一举辞职，也许，只有"热爱"二字能解释吧。他们去了轮岛，在那里度过了五年没有经济来源的生活。在《赤木家的食器柜》里，有一半的篇幅是明登和智子写的"能登料理笔记"，明登写道："我刚搬到能登时非常穷困，三餐多半必须靠少量的田里收成、狩猎采集与众人的赠予。"冬天，全靠附近的邻居送给的白萝卜和白菜度日。智子写道："偶尔在外面吃到青椒，我还单纯地为了青椒的味道而感动。"

然而，贫穷并没有限制明登的艺术创造力。经过二三十年，明登成了日本著名的漆艺家。赤木明登制作的漆器，经常被认为是古董，因为它们不光滑、没有光泽，看起来像是使用了多年。但是明登并不觉得自己是在伪装古董，这只是他喜欢的手感，带着时间和温度。"一件从人的双手与细致耐心中诞生的工具，使用起来会有一种亲近肌肤的舒适感。"

他们的故事里有牺牲。明登和智子牺牲了简便快捷的现代生活，去荒凉的岛屿上重新开始定义生活。至今赤木明登和妻子一直生活在能登轮岛上，现在每年还有徒弟前来学艺，其中还有中国留学生。明登认为，学艺不仅是技艺的修行，更是生活的修行，学徒要学习的还有种田、洗衣、割草、打扫、做菜。仿佛很有古意，其实非常艰苦。

看了上面提到过的几本书，你会发现，智子是个散文家。她退隐在明登的光环里了，她写道："我几乎每一天都在厨房里忙进忙出，我就是在这细长狭小的空间里，时左时右来回走动。我们夫妇都很爱吃，再加上喜欢呼朋引伴一起用餐，所以理所当然地，我每天都做大量的饭菜。"智子的牺牲，成就了明登。

他们的故事里有热爱。应该说，他们的故事完全沉浸在热爱里。除了爱漆艺，他们爱家人，爱彼此，爱生活。《赤木家的食器柜》，是在他们相识三十年那年出版的。在这些年里，两个人陆续买了不少的器皿，也一路使用至今。三十年，从器物中可以看到生活的变迁。面对自家使用的一碗一盏一碟，都能滔滔不绝展开话题的夫妻，能不是一对恩爱夫妻吗？明登写自己的女儿："每日放学路上，捡拾野栗子、山药籽，十分入迷，仿佛进入冬眠前的小动物。"明登收到友人寄来的写着古诗的猪口杯："敢辞机杼劳，但恐花色多。"诗中借说纺织辛苦，表达了一种担忧心上人移情别恋的闺怨。明登写信与友人："内子看后目放光彩，命令我从今往后喝酒只许用此杯。"日常生活，本来就是美的。

我和儿子讲赤木明登一家的故事，儿子问我说："你觉得，赤木明登到底是爱漆器还是爱这样的生活方式？一个人怎么会因为爱一门手艺，就放弃原来的生活，这得有多爱呀？这样的放弃值得吗？万一他最后没有成功呢？"是的，我也困惑呢。可是，世界上，就是有这样勇敢放弃的人。人生有长度和宽度，在横轴和纵轴里，也许我们都会不断遇到另一个自己。所以，在时间的纵轴线上，在人生不同阶段，我们会有不同的追求，时不时会遇到另一个自己；在人生的横轴上，在不同的际遇里，也会不时出现新的自己。问题是，遇见了，你敢于与他同行，或者成为他吗？

和我们比邻而居的大和民族，我们始终不完全懂得。和林舍主人探讨赤木明登的故事，他说：日本人真的和我们不一样呢。我们的一些传统文化和艺术，被日本人发扬光大。是呀，漆器最早是门中国艺术呢。日本匠人沉静又无畏，细致又多思，对一件事过分地投入和追求。那么，他们的追求是不是无用？既然无用，为什么坚持、为什么追求？

想起前几年，我们在日本京都、镰仓、奈良、冲绳到处寻找漆器工艺品。后来，我们带回家的，既有出自轮岛有金灿灿装饰的黑色传统漆器，也有现代日常生活用的各种漆器。他们追求的日常之美，深得我心。再去日本的话，我一定要去寻找赤木明登的作品。

造一个小世界

　　快要傍晚六点了，夕阳西下，一缕又一缕金色的阳光，间或细碎地洒落在黄石叠成的山上。此时，山形显得分外壮阔，色彩亦是倍觉妖娆。山呢，因为是拔地而起，只觉峻峭凌云，好美的一幅秋山图。

　　秋意袭来，如此之美。

　　眼前并不是名山大川，只是在扬州个园。一园纳四季，春山用竹石，夏山用湖石，秋山用黄石，冬山用宣石。中国的园林是树石世界，当然树是少不了的。个园呢，春山配竹，夏山配松，冬山配梅，秋山配柏。

　　眼前的秋山，有古柏从石隙中生出，它坚挺的形态与山势相互呼应，而苍翠的枝叶又与褐黄的山石彼此衬托。古人一句"秋山明净而如妆"说的就是眼前景致了。仿佛女子，明媚而带飒爽英姿。用现在流行的话说，叫"又美又飒"。

个园，从前游过好几回的，并没有留下十分深刻的印象。然而，此番不同，感觉十分惊艳。

儿子小的时候，我们生活在南通。因为南通城内仅有一个公园，所以从幼儿园到小学，他年年春游的目的地只有这一个。幼儿园春游回来，他说："小朋友坐成一圈，吃东西，吃饱了，站起来排好队回家了。"眼中没有景致。当他是小学一年级学生的时候，他会讲述动物园的各种动物。再后来，他会形容花草树木、假山河流，他们在其中如何游戏打闹。随着他的眼界越来越广，看到的东西也越来越多。

其实，公园还是那个公园，人的眼界和心胸不同了，世界便不同了。就像读一本经典，不同的年龄段去读，感受绝然不同。

年轻的时候，看园林，总觉得大同小异，无非是"螺蛳壳里做道场"。假山碧水，亭台楼榭，辅之以树石世界。就像看中国画，总觉得一张张一幅幅是如此似曾相识。

不知道从什么时候开始，我开始热衷于看园林、看古画。我开始问自己：江南园林如此奇特、如此迷人，原因何在？为什么有人如此热衷造园呢？为什么要在小小的私家园林内堆叠如此多的山石？

江南园林，多是官僚、巨富或文人，从江湖隐退的人生阶段建造的。他们的想法是，宅在家中便拥有世界。于是，用园林造出了属于自己的小世界。

去年，在杭州，专程去看了中国美术学院象山校区。这使我第一次感受到，造一个美好的建筑，其实是造了一个小世界。这个校区的建筑师王澍，得过世界建筑界最高奖项普利兹克建筑奖。

这个校区颠覆了所有人对于大学校园的印象，各种傍山而建的奇怪建筑，随处可见的野山上遗留下的参天古树、溪水、河流、野树林，当我独自一人在这个山水层林的小世界里沉醉，心里想着王澍的几句话："有没有可能做一个这样的建筑，让大家清楚看到，雨是从哪儿下来的，落到那儿之后又流到了哪儿，从那儿又流到了什么地方，每个转折、变化都会让人心动。"再比如，他说过："白居易有三间平房，前面一小畦菜地，再用竹篱简单围一下，这中间就发生了变化。它一定是有什么在里面。"是啊，我问自己，是什么在里面呢？

王澍，这样一个天才的建筑师，用了半年时间在自己五十平方米的住所，为妻子造了一个园林。他做了一个亭子，一张巨大的桌子，一个炕，还做了八盏灯。每盏灯，都是一个建筑，挂在墙上。这个房子，应该是小小的，才五十平方米，却可以容下如此之多。它小不小呢？

我想，如果在古代，王澍应该是一个有风骨的士人。元代倪云林的山水画，有一幅叫《容膝斋图》，常常被人提起。这是一幅非常典型的中国式山水画，奇怪的是，房子为什么如此之小，仅能容得下膝盖呢？更奇怪的是，为什么画这么一所如此之小的古怪房子，却能被世人认同并传世呢？这些念头，让我困惑。

日本的传统茶室也很小，进出要跪行。第一次在日本看到，我也非常震惊。千利休制定这一规则，据说是要"以身体力行的方式来体验无我的谦卑"。

其实，千利休所用的正是传承我中华的智慧。那次在日本东京郊县看到的小小茶室让我有了很多感悟。小、无我、朴素、简单、纯真。绚烂之极，化为平淡。应该是经历过繁华之后，才能达到的境界。

大学就读于南京师范大学，它号称"东方最美丽的校园"，亦称"随园"。当年我们并不知晓它的美丽。这里，正是随园的旧址。袁枚三十三岁辞官隐居于南京小仓山，购入已是废园的随园，这个园子当年曾是江宁织造曹寅家的私家花园，占地三百亩。袁枚自己设计建造家园，种花植草，挖池造景，自称随园主人。

若是生活在现代，袁枚的名号会加上知名博主、社会名流、园艺家、美食家、电影评论家等一大堆，他的作品单凭《随园食单》就足以传世。他的才华与纪晓岚齐名。袁枚是个旷达的人，临终对二子说：身后随园得保三十年，于愿已足。果然，太平天国时期，随园被夷为平地。

在南京居住已快二十年，知道芥子园就在南京，却是近两年的事。那天到达芥子园的时候，天色已晚，见小桥鱼池、亭台楼阁，灯光很美。原版的芥子园传说不及三亩，但经李渔的苦心经营，达到了"壶中天地"的意境。

正是在芥子园，李渔完成了他的传世名著《闲情偶寄》，他在书中讨论饮食、起居、化妆、造园，甚至讨论厕所，讨论游船上的窗格该用什么样的图样。能够看出，李渔是个敞开胸怀拥抱生活的人。他竭力支持女婿沈心友与当时名画家王概、王蓍、王臬等人一起编绘的《芥子园画传》，更是近代中国画的教科书。

看来，人造园，园亦养人。人在园中安放情趣，园以景致抚慰人心。造园，就是造一个小世界呀。而这个小世界的主人，就是你。

愿你我都有自己的容膝斋。

真的一个字不重复？

前几天，大学同学群里有人谈到当年教授先秦文学的老师，晒出多年前的照片，聊到教授的趣闻逸事。我的大脑一片空白，一点儿印象也没有。惶恐不安之中"潜水"群底。

终于，另外一位同学发出了我心底的声音：难道我上的是假大学？怎么一点儿印象也没有？又有几位同学坦诚自己也一样。原来，也有人和我一样，当年不爱古代文学课。

在汉语里，常常把"年少"和"无知"连在一起说，还有诸如"年少轻狂""年轻气盛"等。如果你觉得有几分道理，说明你已不年轻。反正，我是这样认为。

作为二十世纪七十年代生人，年轻时，对国学有种轻慢，傲慢地觉得古书糟粕太多，精华太少。而且同龄人当中持同样观点的还不少。人到中年，不知从什么时候开始的，反正我觉得自己的世界打开了另一扇门，开始急切地向传统文化回归，仿佛落叶归根。细想，每个人都在时代浪潮的裹挟中，二十世纪八九十年代，改革开放大潮奔涌，赶上世界先进水平是时代的理想，我们处在向外看的年代；而今，"厉害了我的国"是舆论场主调。于是乎，我们向内看找寻自己的来处。

作为个体，我们开始向传统文化回归，是从什么时候开始的呢？告诉你吧，就在你开始捧着泡了枸杞的保温杯，开始关注运动和养生细节诸如"每天一万步"，开始热衷书法、太极，开始关心各种疾病的中医疗法，等等。这时候，你已经开始向它迈进了。

前两年，我开始练习书法了。于是，迷上了一本书。

南北朝时期，一位皇帝为了让皇子们学习书法，就命人从王羲之书写的碑文上，拓下一千个字。又命人将这一千个字编成一篇文章，受命的人夜不成寐，一个晚上就把这一千个独立的字编成了一篇韵文。

这个皇帝就是梁武帝，这个受命编纂的人就是周兴嗣，这篇文章正是流传千古的《千字文》。

由于《千字文》行文优美典雅，并且它的成文与"书圣"王羲之有密切关系，所以，虽无心插柳，它却自然而然地成为历代书法家青睐的书写对象。这里，最著名的要数王羲之的七世孙智永和尚。我们练的，正是智永和尚书写的《千字文》。

有一天，我反复临写"渠荷的历，园莽抽条。枇杷晚翠，梧桐蚤凋"这十六个字，全是有关植物的。这四句话充满大自然的野性与张力，却又气息安静，仿佛中式风格的四条屏。春天植物抽条拔节生机勃勃，夏季满塘荷花明媚动人，秋天梧桐落叶万物凋零，冬天枇杷树依然碧绿。心中十分感念，农业文明里，人们和四季里的植物是多么亲近啊。十六个字，只用三种植物，便将四季变换形容得形象生动。

写完这几句，紧接着，我的眼前出现了一幅大写意中国画：陈根委翳，落叶飘摇；游鹍独运，凌摩绛霄。画面上，老树枯倒，落叶纷纷，一只大鸟独自飞翔，冲进了紫红色的云霞里。仿佛配合着画外音，有叶子落下的沙沙声，鸟叫的声音。画面墨色深深浅浅，紫红色的一抹云霞远在天边，真正是有声有色。

这里赞美了那些甘于寂寞、不为名利所羁绊，高洁孤傲的人。

谁最"中国"？这便是了。

常常，我临写着《千字文》，被美好的古意与雅言打动，会情不自禁回过头来，一次次从头把《千字文》再读一遍。全文从自然科学说起，涉及华夏历史、人文伦理、制度文化、个人修为等，句句引经用典，把作者生活的南北朝以前的帝王将相、历史名人、重大事件、名胜古迹甚至伦理道德都写到了。

书法家启功先生曾评价说："以'天地玄黄'为起句的《千字文》，名头之大，应用之广，在成千累万的古文、古书中，能够胜过它的，大约是很少很少的。"它的开头气势宏大，格调高远，行文中落脚点又能够细致入微，将古人心中、眼里的美好生活温情地展现。

《千字文》历来是一部优秀的儿童启蒙读物，又是一部描绘中国人生活的百科全书。

文中，对于美好人格的描绘用了八个字：似兰斯馨，如松之盛。这里提到的两种植物，都是历代中国人的心头之好。兰，常年青翠，姿态优美，香气幽远。人的修养应该像兰草那样的芳香。

松，终年葱郁、坚韧不拔，人的德行应该像青松那样茂盛。

　　然而，如何修炼，才能形成这样的理想人格呢？作者总结了处世箴言，由于说得具体实在，并不显枯燥空泛。比如，"知过必改，得能莫忘""罔谈彼短，靡恃己长""尺璧非宝，寸阴是竞""笃初诚美，慎终宜令"等，都是中华传统美德，就是在今天，也是每一个人所应坚持的操守。

　　文中说，"坚持雅操，好爵自縻"。就是说，坚持好的操守，好的职位自然会来到。爵位分人爵、天爵两种。人爵就是人间的荣华富贵，声名利禄；天爵就是自己内心有修养，这是智慧的成就。只要一个人勤奋好学、积极行善，必定有好的结果。

　　每次临写至此，心中总是不免感慨：白云苍狗、世道变迁，但人的优秀品质是不会变的，比如善良、勤奋、勇敢。大道从来至简。这或许就是经典能够永流传的原因吧。

　　每次临写到"骸垢想浴，执热愿凉"这八个字，我就想笑。这句话的意思是：身上脏了呀就想洗干净，手上拿着热东西呀就盼着凉一些。这里是《千字文》的最后一部分，讲的是生活方式，用的是拉家常的方式。

　　还谈到"具膳餐饭，适口充肠"，意思是：做饭吧，合口味，能吃饱肚子就好啦。接着还不放心，又加上一句"饱饫烹宰，饥厌糟糠"，是说饱了再好也吃不下去，饿了糠菜也甜。然后又再叮嘱一声"亲戚故旧，老少异粮"，家里来了亲戚朋友，要记得为老人和孩子专门准备食物哦。

　　多么朴素的生活理念，像极了老人的叨唠，你是不是觉得有股子说不出的亲切与温馨？

　　总有人纠结，一千个字，真的没有重复吗？中华人民共和国成立后，大力推广简化字，归并异体字。没有重复，指的是繁体字。读繁体字有趣，这不是附庸风雅，而是为了更加深入地理解我们自己的文化。比如，《千字文》中"治本于农"，"农"的繁体字是"農"，指的是辰星之下，人们开始劳作，小鸟唱着歌曲开始活动。再比如，"落叶飘摇"这几个字里，"叶"的繁体字是"葉"，指植物的一部分，春生秋落。繁体字，锁定了中华文化里有营养的汁水。

　　古书里，有我们的根。

生活

2020 年春天，那些我错过的事

春者何？岁之始也。这是古人的自问自答。

从立春开始，雨水已过，明天就是今年春天的第三个节气惊蛰。春天从来不会停下脚步，它依着自己的节律，一步步走到春浓处。再过半个月，春分节气就到了，一个"分"字意味着春天的一半就过去了。

阳春有脚，经过百姓人家。这是明代汤显祖的句子。

春且住，慢些走！2020 年春天，我错过了好些事呢。

我错过了春节后"开工大吉"的喜悦。每年春节后上班第一天，大家都特别欣喜。其实春节假期也就七八天，可是不一样呀，大家满面春风互道"新年好"，拱手抬眼之际，就仿佛在说"一年没见，甚是想念"。春天如约而至，可是复工的消息一拖再拖。因为宅家，男士很久没理发、女士很久没化妆。

我错过了和家人朋友欢聚的酣畅。亲人相聚、朋友相约，饭店设席、家中宴客，都在这个春天错过了。

我错过了春游踏青。去中山陵看老树新枝，去梅花山看满眼繁花，去玄武湖看湖边新柳一池碧水，去古林公园看姚黄魏紫牡丹盛开。还有，任性地随处去看夜空皎洁。

我错过了春天的菜市场。往年此时，每个周末，我们都会早起兴冲冲地去菜市场，寻香椿头、马兰头、枸杞头等春天才有的野菜，属于它们的时间和春光一样短暂。这样的一口春意鲜甜，错过就是一年。

我错过了春天的花市。哦，仿佛闻到了花香，热烘烘、香喷喷，春天蒸腾的气息扑面而来。最爱这个时节的花市，铺天盖地、五颜六色的草花，是会让你爱不释手、喜不自禁的：仙客来、风信子、郁金香、鸢尾花、马蹄莲、金盏菊等，它们用自己的色香味一起扑入你的身心里。

我错过了和爱人一起看电影的乐趣，

我错过了新款春装，

我错过了各种因春天而动心起念的旅行，

…………

这才是春天该有的画风呢。

庚子春天，那些我错过的事儿啊，太多太多。当然，错过这些的，不是我一个人，不止我一个人。这个春天，太多人，错过了太多事。

是的，我错过的事，实在微不足道、实在不足挂齿。然而，全社会的"宏大叙事"的画卷，历来是由千千万万人的小事构图而成，《清明上河图》中的那些引车卖浆、贩夫走卒之徒，谁说不是你我写照？我们的生活都在历史画卷上留着呢。

我在自家小院里游荡，这里是我的全部生活所在，是我的宝藏之地。

林舍有棵樱桃树，姿态很绰约，它也是林舍樱花的消息树。我们发现，每年总是在樱桃树花开的半个月左右，樱花就会开满枝头。而这棵樱桃树，从发现它的花朵，到满树繁花，只用了三四天时间。今天，此时此刻，它正在全情绽放。一棵开花的树，它扑簌簌、急煎煎开放的花朵，就是它渴望春天的决心，也是它生命力的最好表达。

我在小院里四处探看花情。我以为枯萎冻死的几株铁线莲，已在它干枯如铁丝一般的深褐色枝条上长出了一簇又一簇新叶。对，一簇簇新叶，仿佛一团团绿色的花朵一般。每年冬天修剪成花桩的大片绣球花，也已在光秃秃的枝干上长出叶芽。而我种在地里的朱顶红，半埋在土中的种球也开始呈现出清晰的绿色，种球的最尖端已冒出新绿。喷雪花呢，细若游丝的绿枝条已有几朵不起眼的小白花，仿佛小小碎碎的片片雪花，正影影绰绰飘起来，真像片片好雪。

所有的植物，都在努力，用自己的叶和花来发出声音：嗨，这个春天，我在场！

是不是世上每个人都和爱丽丝一样，希望有自己的奇幻之地。林舍，便是我的。如此想着，喉头有些发紧，心下便有几分欣喜随之而来。

周作人曾经这样说过：春天的美是官能的美，是要去直接领略的，关门歌颂一无是处。是啊，春天的美，是要我们用眼耳鼻舌身意，一起去领会和体味的。

　　且等等，我们熟悉的生活很快就会来。但是，这个春天经历过的事，我们一定要记得。

　　中国人说东西丢了或者是找不到了，往往叫作"亡"。心生万物。可是，心要是不在了呢？在汉字里，心和亡有两种组合。"忘"字，上下结构的方块字，一望而知，就是心不在了。另外，还有一种组合，就是"忙"字。忙着忙着，也就忘了。

　　伤痛会过去的，生活一定会重新走上正轨。只是，我们一定要警醒，不能因为生活重新开始恢复正常秩序，因为我们又开始了忙碌，便忘了这个春天发生过的事。这不是治愈，而是忘了痛。

　　不能忘。又怎敢忘？

　　"护生者，护心也。去除残忍心，长养慈悲心，然后拿此心来待人处世。这是护生的主要目的。"丰子恺和弘一法师联手而成的《护生画集》，我最近拿出来翻了一遍又一遍。这里有中国人最朴素最诚挚的良善之心。弘一法师，既是写出了"长亭外，古道边，芳草碧连天"的李叔同，也是写了"南无阿弥陀佛"的弘一法师。生活从来都是悲欣交集。要敬畏，历此疫劫，敬天爱人，我们不敢忘。

　　该善待的善待，该布施的布施，该警醒的警醒，该精进的精进。

　　哦，明天惊蛰，会有雷声吗？

本来面目

昨晚，雨夜，昙花又开了好几朵。昙花的花瓣薄得像纱，像雾，轻盈飘逸。仔细看花朵，花蕊很长，会觉得有穿白纱裙的小小仙子在花瓣间穿梭起舞。朦朦胧胧，美得不可方物。

香气扑鼻，又淡又远，一时之间，林舍小院仿佛处处有昙花盛开，无处不在。林舍有一条小溪绕岸而过，林说，他在河对岸就闻到了昙花香。

黑夜里，在樱花树下，我们提着灯，变换着角度，给昙花留影。妹妹不乐意了，它在一朵昙花前大咧咧地坐了下来，挡住昙花，对着镜头咧嘴笑。妹妹的一周岁生日刚过一天。

妹妹的意思是：你要爱我。

昙花的意思是：不必爱我。

而我们的回答是一样的：好的。

林舍的昙花，来自三年前一次美好的馈赠。当时，它们是新扦插的两片昙花叶子。如今，它们已开枝散叶长得有一米多高。今年开过四次花，每次十几朵昙花分两三个晚上开放。第一次开花的那个晚上，是在去年国庆节，我们都舍不得睡去，唯恐辜负了它。记得，深夜一点的时候，林说：只恐夜深花睡去，故烧高烛照红妆。昙花一现够长的啊。他说这句话时，脸上有橘黄的灯光和缓缓的笑意，把我的心照得暖暖的。

昙花一现，其实不然。是啊，世界上有多少事、多少人、多少物，它们的本来面目，和我们的想象不一样啊。我们爱的是它本来的样子，还是我们的意念中它的样子呢？

庆山的《夏摩山谷》反复读了好几遍。书里还俗的年轻僧人慈诚爱上了一个灵魂与肉体都伤痕累累的女人，他在绿度母前发愿说了这么一段话：虽然我喜欢孩子，也不排斥婚姻，但我喜欢这个不想生孩子也不想结婚的女人。事实上，我爱她。这种爱出于我无数世对她产生过的看见，看见她的本来面目。

本来面目。如果有人爱上你的本来面目，又或者，我们爱上他人的本来面目。何其有幸！要多深的福报，我们才能有这样的幸运，爱上本来面目。

人的肉身，其实和花朵相似。有过蓓蕾初绽，也有过花朵烂漫，最终繁花落尽，归于尘土。这就是时间的秘密。

祝吉祥。

吃花，有意思

都说昙花一现，便觉得昙花好像是一种很高冷的花朵。其实未必。就今年吧，一个月不到的时间，我家那盆昙花开了四次，每次至少五朵，一共有近三十朵昙花和我们见过面了。昙花其实是一种多肉植物，很好养活。一个夏天，会有两三个月时间，花开不断。

每朵昙花开放，仅仅一个晚上，而且夜愈深花越大，仿佛白衣仙子来到人间，同时带来香风阵阵。在黑暗的夜里，它开放的姿态，的确配得上"绰约"二字，纯洁美好得不可方物。

前年，第一次见到昙花开放，林一直守着到深夜一点多。古人"只恐夜深花睡去，故烧高烛照红妆"，怕就是这样的迷恋与呵护。的确，人与世间美好之物的每次照面都是因缘际会，而昙花之美如此短暂易逝，更值得倾注深情。

花开过后的清晨，见到昙花垂挂在枝头。心头十分不忍，一朵朵剪下。想做干花，反复询问度娘，结果是：昙花做不了干花，但昙花可以食用。昙花滋阴润肺，功效十分了得。

第一次吃昙花蛋汤，有种挥之不去的负罪感，心头责怪自己"焚琴煮鹤"。昙花花瓣的口感仿佛莼菜，细腻嫩滑，滋味清甜美好。安慰自己，物尽其用，两全其美。

后来，吃得多了，便觉得理所当然。最近的一次，林在昙花蛋汤里加了新鲜油渣，自家熬荤油刚刚剩下的。这次昙花蛋汤的味道，达到了美味的顶峰。如何形容？如果是许慎，也许会用"甘"来形容吧。《说文解字》："甘，美也。从口含一。一，道也。"甘字里有个"一"，古人也许是觉得舌尖上那种细腻丰富的感受实在很难用语言来形容，便化繁为简，索性用"一"便将它全部概括进去了。

味道，味道，真正的美味里含着生命之道啊。

吃花，古已有之。

历史上，吃花最著名的女人有两个：武则天和慈禧。武则天呢，喜食百花糕。年年花朝日，便游园赏花，令宫女采集百花，和米捣碎蒸成百花糕。慈禧呢，所爱不同。每年六月之后，在荷花盛开的季节，慈禧令将荷花肥壮的花瓣浸在鸡蛋、鸡汤调好的淀粉糊里，再炸至金黄酥脆，作为点心。她还喜欢将玫瑰花捣烂，拌以红糖，制成玫瑰花酱，食后齿颊留香。

文人自然也爱花，并且爱吃花。说到吃的，总少不了苏东坡。苏东坡流放定州时，他将松花、槐花、杏花入饭共蒸，密封数日后得酒。挥毫作歌：一斤松花不可少，八两蒲黄切莫炒，槐花杏花各五钱，两斤白蜜一齐捣。吃也好，浴也好，红白容颜直到老。

他不仅自己用花做出了美酒，还慷慨地将制作的方子贡献给世人。

《山家清供》这本书，我常放案头，不时翻阅。这本书里罗列了各式与梅花有关的食谱，有梅粥、汤绽梅、蜜渍梅花、不寒齑、素醒酒冰等，不仅花样多也饶富情趣。其中有一款"梅花汤饼"，书里是这么写的："浸白梅、檀香水和面做馄饨皮，每一迭用五出铁凿取之，候煮熟，乃过于鸡清汁内，每客上二百余花。"就是说以浸过梅花、檀香末的水和面，再用梅花样的铁模子凿好，梅状面团煮熟后放入鸡汤内食用。哇，既有梅花的清远之气、檀香的芬芳甘甜，又有鸡汁的鲜美。是不是让人想起《红楼梦》里小荷叶莲蓬汤？宝玉挨打之后，全家人关心，老太太贾母更是想尽办法满足他的一切要求，贾宝玉只说，想到要吃小荷叶莲蓬汤。荷叶莲蓬取汁和成面，用银制汤模子做成各种各样的形状，再用鸡来煮汤。

在农业社会里，这怕也就是古人极致的讲究了。

现代社会，以花为食，其实已经是十分平常的事了。

最近，和爱人一连两个周末都去了新近开张的福建菜馆。一来解他思乡之苦，二来菜品实在好吃。那天，吃到一道菜，叫"黄花菜焖三鲜"。一方水土养一方人，在江苏，我们吃清炒黄花菜或者黄花菜炒鸡蛋，而福建却是用海鲜来配它的。黄花菜是新鲜的，三鲜呢，就是鲜贝、花蛤、海虾米。新鲜的黄花菜饱饱地吸满了海鲜的味道，放进嘴里却依然能够感受一朵朵花的纤维感和韧劲，可见大厨功力。"福建味道，鲜字当头"是有真功夫的。

林舍小院有一丛萱草花，种在一块山石旁边。萱草花是多年生草本植物，无须费心，年年盛夏开放。它的别名叫作"忘忧草"。

那天晚上，梅雨绵绵，撑伞去看了看它。正在开花，长长的花茎顶头有一簇黄花，在一丛绿叶之中，它很美。

黄梅雨季，正是"芭蕉叶大栀子肥"的时节。栀子花和茉莉、白兰花同属夏日香花，比起来，栀子花最泼辣。它香气最浓，汪曾祺曾经形容它"我就是要这样香，香得痛痛快快"，它花形最大，汁多肥美，所以蚂蚁和小飞虫都爱它香甜的汁液。

在南京，常见到卖家将它连枝带叶摘下，扎成一束，沿街叫卖。我常常买回家，将它养在清水里，栀子花的花朵能开一周左右，香气扑鼻。

两年前，在浙江衢州，竟然吃到了清炒栀子花。吃到嘴里，口齿噙香，满嘴芬芳。好多念头一起涌上心头：这满满一碟，得有几百朵吧？这得摘多久啊？应该是在一个漫山遍野都长着栀子花的地方摘的吧？衢州人非常淡定地表示：不稀奇，山里很多，年年此时都吃栀子花。

古代，木本植物开花叫"华"，草本植物开花叫"荣"。草木开花，就是古人认为的荣华富贵，就是最好的时光。盘中有一朵花，便要好好感恩。然后呢，好好享用它。

初夏滋味

夏天已经来了。每逢季节流转，总是让人有一股子新鲜和兴奋劲儿。虽然，每个季节，都已经见过几十次了。人们都说，年年岁岁花相似，岁岁年年人不同。未来永远未知，生活就是这样，所以才有意思。

记录几种初夏的食物吧。

初夏的餐桌，我最爱腌嫩姜。新鲜的嫩姜白里透红、仿佛透明，用盐细细渍过，泡在白醋里，撒上一把用盐炒过的花椒，再加入鲜柠檬片、话梅肉和白糖。泡一个晚上，第二天清晨便可以上桌佐早餐了。入口，只觉得微甜、微酸、微麻、微辣，清爽无比又滋味无穷。当然，再过一两天，嫩姜会变得更加入味。但是，属于嫩生姜的时间很短，仅仅每年入夏一个月左右，仿佛一个女人的豆蔻年华，总是倏忽飘走，要珍惜哦。

初夏的餐桌上，常有盐鸭蛋。今天桌上鸭蛋不是十分咸，咬一口蛋黄，满嘴都是油。鸭蛋腌了快一个月，半个月的时候，尝过一次，觉得滋味还是太淡。这次，味道刚刚好。腌法很简单，把鲜鸭蛋放高度白酒里滚一下，拿出来浑身沾满海盐，再用保鲜膜包好。然后，装上罐子放冰箱。我家是在谷雨节气腌的鸭蛋，据说那个时候，鸭子能吃到的螺蛳、小鱼、小虾等活物最多，生出来的鸭蛋当然营养成分最好。自然啦，味道也会好。生活在家乡海边小城的闺密和我说，腌鸭蛋只要把鲜鸭蛋放海蜇卤里便好了。多聪明又省力的办法，明年，我一定要试试！

　　嫩姜、鸭蛋，这些初夏的食物，我们都用的是腌制的办法。其实，无非就是想让它们在餐桌上多停留些日子。我们总是试图把食物挽留在当下，一如我们总是试图留住时间。可惜，挽留食物的办法越来越多，留住时间的办法从来没有。

　　初夏，最难忘的，还有粽香。今年，妈妈的粽子早早地寄来了，赤豆粽子、红枣粽子，其实我最爱的是粽子在锅里煮得满室生香的那一刻。小时候，家里叫"煨粽子"，妈妈的粽子，必须在煤球炉上"煨"整整一个晚上。芦叶和糯米、红枣的香气，混成一种微甜的清香，于是期待第二天的早晨。又闻到粽香了，心里便安静下来，想起来妈妈包粽子的样子，特别是用针将芦叶尖穿引过粽身，妈妈会用大拇指再把粽子捏实，然后轻轻放进身边的竹箩。无论什么样的粽子，都比不上妈妈包的粽子香啊，那里面有时光的味道和爱的味道。

　　当我们回望人生，其实常常想到的不是宏大事件，而是生活琐事，甚至是身边某人的一句话、一个动作、一个表情。琐碎与温情，就是生活本身，而其余一切，不过是背景与布景。

上周末，早餐我们吃的是拌面。面条就是山西刀削面，可是"浇头"是林舍主人秘制的。林把鸡丁、花生米、黄瓜丁、虾皮炒熟，这些都平淡无奇，就是改良版的宫保鸡丁嘛，秘诀是放入了腌好的香椿段，最后再用调稀的甜面酱勾芡。这些腌香椿呢，不是初春的香椿芽，而是长得又老又粗的带茎秆的香椿叶子。是的，就是在香椿快要下市的时候，抓上一把盐，把香椿的香味留到了夏天。腌过的香椿，叶子全然皱缩、茎秆还在，仿佛美人已老，气场仍在，将它的香气与中国人从小吃到大的宫保鸡丁配伍，已然绝妙。再将它们与山西刀削面配伍，其实是非常需要想象力的。那天，我只觉得面条很少，几口就吃完了一整碗。然后，我就眼巴巴地看着林舍主人慢条斯理地一口口吃着面条。他终于吃完了，放下筷子，说："真香。没想到哇，味道真不错，咱们喝茶去吧！"其实，面条虽然好吃，却是有点儿油腻有点儿味重了。但是，谁能说，浓油赤酱不是一种幸福与满足呢？那天早上，吃过面条，我们就开始喝起茶来了。一口又一口喝着酽酽的茶，看着初夏的阳光从玻璃窗一扇扇移过去，越来越亮越来越烈。日脚，原来是这样走的。

当然，属于林舍初夏的滋味里，有一样东西怎么也不能少——青梅。去年，林舍的青梅个头有乒乓球大小。今年，青梅个头明显小，而且数量也比去年少。庚子年，诸事不顺，连青梅也小。和朋友谈起，她叹一口气：这也是生活的一部分呀！是的呢，坦然接受吧。前两天，我们从树上摘下青梅，准备做青梅酒和青梅酱。想起我们都爱看的电影《海街日记》，四个住在祖母留下来的祖屋里的女孩，年年摘青梅做青梅酒。她们把青梅酒窖藏在地板下，那里甚至有祖母留下的酒。是的，年年岁岁，青梅不一样，酒的滋味也不一样呀，我们永远也不会知道哪个年份的酒最好，正如我们永远也不知道人生中哪些年是我们最好的年华、哪些人会是我们生命中最重要的朋友。今年突然想明白一件事，就是当生命中涌进大量不确定事件，你深感无力掌控生活之时，就去热爱一些所谓的"小确幸"吧。因为这些幸福的事和物虽然微小，却可以从容把握。摘青梅、洗青梅、晒青梅、画酒标，年年此时，制作青梅酒，已成林舍生活里的一大乐事。今年，又做了青梅酱。洗净、去核、煮熟、炒烂、加糖，最后封罐。想着以后煮肉类食物的时候会用上，或是当蘸酱，或是盛夏泡水喝。

刚刚下过雨，晚风清凉。河边散步的人很多。狗狗在奔跑，树枝在摇曳，河对岸的灯光在闪烁，生活一切如常。初夏，初见，初露端倪。初，如初，初心。初，真是个让人心生希望的字眼。这个夏天，我觉得，能快乐地谈几种食物，生活可以平稳地轮回，我们可以稳稳地期待，就是和幸福本尊在一起了。

恩爱夫妻都在朋友圈互相点赞吗

朋友圈里有不少对夫妻，有的互相点赞，有的从不互相点赞，有的偶尔点赞，也有单向点赞的夫妻。

一个好玩的问题不经意就飘进我的脑袋，并且大有非要把我可怜的脑袋瓜撑破不可的架势。它就是：恩爱夫妻在朋友圈都是互相点赞的吗？在朋友圈互相点赞的夫妻都是恩爱夫妻吗？

抽丝剥茧，有了些心得。

第一个纬度，和年龄有关。

"六〇后""七〇后"已人到中年，其中不少人公务繁忙，互相点赞的并不多，他们是有理由的。其一，这怎么好意思呢？它的潜台词是：自家人，怎么好意思"王婆卖瓜"呢，让其他人看到，多不好意思呀。这是内敛型。其二，已阅。朕知道了。没必要点赞。这是淡定型。三，很少翻看朋友圈，也不关心配偶的朋友圈。这是高冷型。

"八〇后""九〇后"小夫妻对以上理由表示惊讶，特别是"九〇后"。这个年龄段的夫妻大多在朋友圈点赞并互动。点赞，表示互相之间的理解、尊重并欣赏。或者说，恩爱夫妻互相点赞，必须的呀。

任何事情都有例外。在我的朋友圈里，就有"六〇后"的夫妻，互相点赞、很少错过。他们是不是，或者说，就一定是恩爱夫妻呢？以我之愚见，互相点赞的，大多是恩爱的表达；不互相点赞的，未必就不是恩爱夫妻。一个钻研心理学的好朋友说，朋友圈其实和现实人际关系的模式是一样的。在生活当中，有人着戏服按"人设"演出，有人本色生活。在朋友圈，是一样的模式。朋友圈的夫妻关系，也是一样的模式。在我身边，有对极其恩爱的夫妻，在朋友圈，这位先生为妻子点赞仅仅一次，就是在妻子出国旅行期间。妻子将旅行风景照片分享到朋友圈，他每条都及时点赞。我想，其实，他就是想念她牵挂她。因为了解他们，我觉得这是一对真诚的夫妻，也是真实的情感表达。

朋友圈里，有一个妻子，把丈夫在病房陪伴她母亲的照片发在朋友圈，朋友们赞声一片，而丈夫并未点赞；还有一个妻子，在朋友圈写下了丈夫提醒她外出旅行多带衣物，当时她不以为然，而后呢，气候证明了丈夫的英明。朋友们各种花式点赞，而丈夫并未现身点赞。为什么呢？

另一个纬度，和情感的表达方式有关。

一位中年女士说，他不为她点赞，就是因为他"没有情调"；而一位中年男士说，他不在朋友圈为她点赞，纯粹是因为"没有必要"。你看，性别差异，对情感的表达就是如此不同，对点赞的理解也不同。

有人说，爱就要表达出来，要让对方知道；有人说，爱你在心口难开，你应该知道的；有人说，爱就好了，不必说出来。你看，就说如何示爱，每个人的理解就如此不一样。所以，点赞，点还是不点，就看你如何理解了。

我将这个问题，问过身边的好朋友之后，有个先生，立即为妻子刚刚发的朋友圈点赞了。这样的表现，算不算从善如流？某男士，这是表扬。某女士，你可满意？哈哈哈。

至于我本人嘛，问过爱人了，为啥从不给我点赞，他表示吃惊，说：有这必要吗？我这么理解可以吗？——无条件宠你，让你随时耍赖，就是对你最大的赞。

各位看官，请对照入座吧。

写在往匈牙利布达佩斯的车中。

好好说话

日子真快，腊月已过一半了，还有不到半个月就要过年了。腊月，是很有中国风的一个月。如果过年是首欢快的曲子，那么腊月就好比是"过门儿"。为了把年过好，古人规定了，我们要拿出一个月的时间做好各种准备，其中的重要一条，就是要对保佑、赐福于我们的诸路神仙和列祖列宗有一个交代。这个交代里，物质层面的是祭拜，精神层面的是说好话。

妈妈常说，进了腊月就要记得"说好话""说吉利话儿"。比如腊月二十三，这天是灶王爷上天汇报这一年家庭情况的日子。为了让自家灶王爷帮忙在玉皇大帝面前美言，就要准备好多灶糖给灶王爷，当然也要对着灶王爷像先把好话说上一箩筐，然后灶王爷上天才会尽说甜言蜜语。

除夕之后，更是不能胡言乱语。巴金老先生的《家》里写了一个非常传统的中国式大家庭。有一段写道："老太爷因为觉群在堂屋里说了不吉利的话，便写了'童言无忌，大吉大利'的红纸条，拿出来贴在门柱上。"我对这段话的印象特别深，是因为我们小时候在农村过年走亲戚的时候，仍然能看到有些农家墙上或柱子上贴着这样的红纸。它的意思就是，小孩子天真烂漫、口不择言，童言无忌，神仙和祖宗千万不要怪罪呀！

在中华文化传统里，非常讲究对神仙、祖宗好好说话，它代表着我们对"天地君亲师"的敬畏。

在平常日子里，对所有人好好说话，其实更难做到。然而，在我们的身边总有这样的人，真的，他们值得你我好好珍惜。

我每天搭乘地铁上下班。就在我家附近的站口，有一个安检员，总是让人如沐春风。早晨我进地铁站的时候，一般不到七点钟，当我把随身物品放上安检通道，常常能听到一声又一声的"早"，这个满脸笑意的中年男性安检员不停地在对进站的人道早安。大多数人不回答他，有些人笑一笑作为回复。次数多了，我会笑着回复他"早"。

有一次进站，刚好听到呼啸而来的风声，他对我们几个刚过安检的人大声说："快跑，地铁快要进站了！刚好来得及，快！"我们同时开跑，进入站台，刚好地铁在轨道上停了下来。我们几个并不相识的陌生人，在站台上互相看一眼，笑了。

这样的地铁安检员，我只见过一个。他说的这些话，都不是岗位职责要求他的，而是完全出自内心为他人着想的善意。他的超值服务，就是通过好好说话来达成的。些许善意，就能让人春风拂面。

几个月前，去烫发。想起别人美丽的栗色头发，我要求染发，烫发的小伙子竟然劝我不要染，他说："您的发色挺好，没必要染。并且，一旦染过之后，要不停地再来染维护它，说实话也是会伤头发的。没必要。"有理有据，我立马儿决定听他的。

几个月后，自己觉得头发不卷了，打电话给烫发小哥，咨询可否再烫一次。小伙子耐心听完，他说："才半年，不能烫，会伤头发。"然后，又详细交代一大堆护发细节。其实，这些内容上回烫发的时候他已经讲过了，只是我压根儿没在意。"回头，我把这些注意事项写下来，给您发微信，这回，您一定要注意看哦！"

听了这些，我的心里只剩一个念头：下次烫发一定还要找他！这个小伙子提供的服务超预期。除了技术与手艺这些专业层面，他从容和充满善意的语言交流功莫大焉。

再说说郭靖。《射雕英雄传》受几代人的喜爱，很多人记得美丽的黄蓉伶牙俐齿、能言善辩，认为郭靖笨嘴笨舌、词不达意。其实，书里写到好几处，在生死关头，郭靖的话语都表达了特殊的魅力。

比如，郭靖被梅超风用九阴白骨爪抓伤中毒，却无意中发现，只要拳掌不带风声，就可击中眼盲的梅超风。随后两人第二次比武的时候，梅超风叫道："打无声掌，有声的你不是我对手！"郭靖跃开数步，说道："我柯大恩师眼睛也不方便，别人若用这般无声掌法欺他，我必恨之入骨。将心比心，我岂能再对你如此？适才我中你毒抓，生死关头，不得不以无声掌保命，若是比武较量，如此太不光明磊落，晚辈不敢从命。"梅超风听他说得真诚，心中微微一动："这少年倒也硬气。"

郭靖的语言，没有华丽言辞，而是从心底流淌出来的坦荡磊落，再加上诚恳朴实的表达，足以打动任何人。当你的内心有足够善意，话语就能走得很远，一直走到别人心里。郭靖的坦荡和诚恳，为他的人生加分不少。

也许有人会认为，好好说话就是讲究说话的艺术，是高情商的一种表现。也对也不对，如果离开了内心善良美好这一根本，那么说得再好听，又有何用？

好好说话，务必善良。做个温暖熨帖的人。

与君共勉。己亥年腊月十七。

呵呵，金橘清露

今年，金橘丰收。那天，摘了树上好多金橘，又洗又拍又煮，事毕，看着满满一玻璃罐子金橘，林舍主人志得意满，问道：你看，叫什么名儿呢？林舍娇娘略一沉吟，从容答道：清露，金橘清露。

语毕，封罐。二人笑喷。

呵呵。如果苏东坡是我好友，我一定要送他"金橘清露"，估计他会笑纳，并手书一帖，帖子的最后两个字也许就是"呵呵"。"呵呵"二字，真的不是现代人的发明。有人研究发现，在苏东坡留下的一千多首各类诗歌词赋里，"呵呵"多达四十多个。

千古一"呵呵"。

我爱苏东坡，就是爱他热爱生活的劲头。被贬到黄州，做了"团练副史"这样一个挂名小官，苏东坡发现"黄州好猪肉，价贱如粪土，富者不肯吃，贫者不解煮。慢着火，少着水，火候足时它自美。"东坡肉诞生了。再贬到惠州，他又说："日啖荔枝三百颗，不辞长作岭南人。"

一个多么元气淋漓的人，永远能从乌云中发现阳光踪迹的人，永远能从日常生活中找到乐趣的人！

呵呵。

我们的金橘清露，制作过程其实很简单。金橘摘下，用盐搓揉之后，再用水冲净，然后放在案板上拍一下像拍蒜一样，开口的金橘放锅里加入黄冰糖煮二十分钟，出锅。此时的金橘，甜蜜黏稠，色泽发亮。它的汁水清澈甜美，是为"清露"。

像拍蒜一样，拍一下，让金橘开口。

在锅里煮上二十分钟。记得加冰糖。

金橘可作蜜饯小食，清露可饮，最关键的是它润肺止咳化痰平喘。

呵呵。

各位看官还记得"木樨清露"和"玫瑰清露"吗？没错，那是《红楼梦》里说的。宝玉挨打之后，王夫人拿出来两个玻璃小瓶。书里写道：

　　袭人看时，只见两个玻璃小瓶却有三寸大小，上面螺丝银盖，鹅黄笺上写着"木樨清露"，那一个写着"玫瑰清露"。袭人笑道："好尊贵东西！这么个小瓶儿，能有多少？"王夫人道："那是进上的，你没看见鹅黄笺子？你好生替他收着，别糟蹋了。"

　　呵呵。《红楼梦》里的木樨清露、玫瑰清露其实是一种保健饮品，后面五儿的表哥得了热病，用凉水兑了一点玫瑰露，喝了半碗就"心中一畅，头目清凉"。

　　我们的"金橘清露"呢，只是徒有其名而已。必须有自知之明。虽然它真的很好吃。

　　"金橘清露"，非卖品。呵呵。呵呵。

两个人的菜市场

以前是不爱去菜市场的。小时候，我家楼下隔一栋楼就是菜市场，又腥又臭，人头攒动。我总是宁愿绕远路，也不从菜市场经过。

后来，看到别人引用古龙的话：一个人如果走投无路，心一窄想寻短见，就放他去菜市场。

我才不信呢，我不能理解这句话。

为了这句话，我这从不看古龙的金庸迷，专门查证，发现这一句话是有原文的，出自《多情剑客无情剑》："走投无路的铁传甲无意之中走到了菜市场，抱着孩子的妇人，带着拐杖的老妪，满身油腻的厨子，各式各样的人提着菜篮在他身旁挤来挤去，和卖菜的村妇、卖肉的屠夫为了一文钱争得面红耳赤，鲜明而生动，他的心情突然明朗开来。"

脑补一下现场画面，艳阳高照，天空瓦蓝，菜市场里众生喧哗。熙熙攘攘，人来人往之中，孤独的铁传甲突然醒悟了：每个人都是要吃饭的，要吃菜的，每个人终究都是平凡人。接受自己的平凡平常乃至平庸吧，毕竟我们都是凡夫俗子。

明白这个道理，需要时间和修行。

周末，我们总是要早早地起来，去菜市场。我们在菜市场穿梭，研究各类蔬菜，视察各种水产，探看各式水果。我最喜欢看新品种蔬菜，当日最新鲜海鲜则是爱人的心头好。然后，我们交流意见，互相出主意，耐心搭配各式菜品。

在菜市场，我们的意见总是很快达成一致，从未有过任何不愉快。这点在饭店也一样。也许，因为我们都来自海边城市，都热爱海鲜和蔬菜。一对夫妻或是好友，"吃到一块儿"是多么重要的一件事呀。这条作为家训，必须传给孩子们。

菜市场在不断升级换代，如今我们小区附近的菜市场叫"刘姐互联网菜篮子"。现金交易已是极少数，手机付款占了绝对的大头。里面除了卖菜卖鱼卖肉卖水果，还现做各类小吃。菜场门口现做的小烧饼总是排长队，三个穿白褂子戴白帽子的大小伙子，热情又认真，一副忙得脚不沾地的样子。当然要排队尝尝啦。热热的鸭油烧饼、葱油烧饼，真是好吃呀。"趁热吃"是许多中国食客的约定俗成，我们在回去的路上就你一口我一口地把鸭油烧饼干完了。这个美好的早晨，于是就心满意足了。

有一段时间，我们常去的菜市场改造升级，我们去了BHG超市。那天，停好车，发现超市门口全是老头老太。一问才知，超市八点半开门。开门之时，老人们蜂拥而入，他们挤到菜柜前，一会儿的工夫，手边地上全是各种他们剥下来的菜叶子。惊呆了。

老太太讪笑我们不会买菜。那天，我们俩匆匆买好菜迅速逃离，此处不宜恋战。回家路上，我忍不住说：我们老了，千万别这样。爱人淡淡地笑着说，不会的不会的。

后来的那段时间，我们开始从"盒马鲜生"下单买菜。虽然"盒马鲜生"菜的品种多，质量也好，送菜速度也快，可是不能亲手挑、亲眼看，听不到卖菜人唠叨着，像夸娃一样夸自家的菜，不能亲手接过卖菜人递上的葱、蒜和一句叮嘱"这一把烧菜正好用"，心头总是有点儿遗憾的。是的，就缺一点儿人情味。就像菜里缺了盐。

后来，升级改造后的菜市场重新开业了，我们又恢复了周末买菜的习惯，感觉生活才又走上了正轨。

菜市场的蔬菜瓜果五颜六色、新鲜青翠，让人觉得生之美好。

现在的菜市场升级换代，已是当下热点话题，甚至听说有些菜市场已成了城市"网红"。真的，不必不必，大可不必。我对于菜市场的态度呢，像对所有我爱的人和事一样，既怕它因为不变显得迂腐不堪，又怕它因为变得太快失去了自己独有的风姿。

十几年前，常常一人去菜市场。话说当下的生活，的确是风起云涌、变幻莫测。想到十几年前，倒好像是过了一个世纪了。那时候，去菜市场买菜，我总是喜欢在相熟的卖家买菜，那时付钱都用钱包。有一回，爱人一人去买菜，碰巧也在我买菜的那家，买完菜，人家对他说："你老婆买菜从来不挑，也从来不问价钱。她是信任我的，我也回回帮她挑好的菜，给她公道的价格。"作为理工科直男，他被惊到了，问你怎么知道谁是我老婆？卖菜人笑言，你老婆每次一打开皮夹，我就能看到你照片，我见过你很多回啦。

那次，爱人买的是一条鱼。他一边烧鱼一边把菜市场际遇讲给我听。

仿佛一个世纪前的古老故事。菜市场的故事，总是有血有肉的。

索性再把时间往前推。小时候，父亲和母亲总爱在饭桌上讨论各种青菜的口感，我很不耐烦。在我家，父亲负责每天买菜，买回来的，永远是那么几样菜。在我嘴里眼里，青菜就是青菜，不会是肉。现在，我才明白，同样的青菜，由于不同的品种、不同的节气，口感会有好大不同呢。明白这一点，我也到了父母当时的年纪了。

一滴水也能折射太阳，菜市场就是折射生活的那滴水。

慢慢来，熬至滴水成珠

老中医八十七岁了，仍然坚持出诊。他满头白发，声音洪亮。他叫我"闺女"，为我搭脉，再仔细询问病情。问诊看似拉家常一般絮絮叨叨，实则缜密细致，他的慢声细语，着实让人如沐春风。

然后，他用仿佛吟诵文言文一般的声调，操着一口浓重的乡音，开始描述病情并下药方，旁边的医生给记在病历上。一屋子大约十来个年轻人，跟班学习记录。整个过程持续了约半小时。最后，他柔声地叮嘱我：闺女，记住两件事，一是晚上十点前就睡觉，二是心要放下来不要焦虑。

听起来，好像很简单。简单得让人不敢相信。上网查老中医的个人资料，看到一个十几岁开始学医的农村孩子成长为一代大儒名医的历程。这次看病的经历，在我脑中生成了视频，一有空，就会自动循环播放，让我的心安静下来。

和往常一样，一旦有了病，我们总是先看西医希望迅速治愈，也总是在西医久治不愈之后，才会想起来去看看中医，看完病之后由中医院代煎中药快递送到家。反正，我们追求的是一个字"快"。

熟悉的医生朋友说，把中药拿回去自己熬吧，虽然麻烦，但是药效会好很多。于是，根据中医院的说明，先将药材分拣，浸泡一小时，然后又是武火又是文火地煎煮一小时，煎的时候还要时不时去搅动防止粘锅。草药中有几个小药包写明"后下"，必须在每剂药煎好前五分钟，放入药汤中。如此这般，第一剂煎好倒出。第二剂，再如法炮制。然后，将两次煎得汤药倒在一起，再分成两剂，一日之内分两次服用。费时费心又费力，但是，这样煎出来的中药，黏稠浓厚，药效自然也会不一般。

花时间，慢慢熬，把草药里的精华熬出来，就会不一样。

最近，读到一本书，是台湾资深出版人詹宏志为纪念已经过世的妻子所作。他的妻子有一手家传的好厨艺，因为怀念，詹宏志亲手复刻了几道名菜。其中，朋友们最爱的一道是红烧牛肉。因为想念一个人，便去做她烧过的菜，努力将她的味道复原，仿佛是旧时光里的故事。

读过之后，感慨之余，我们也尝试做了这道菜。说是"红烧牛肉"，其实是红烧牛肉和牛筋。用书上的方法煮好的"红烧牛肉"，牛肉油亮晶莹，牛筋充满胶质，口感细腻软糯。和以往吃过的牛肉都不一样，特质可以用三个字来概括：软、烂、鲜。

一边吃，我们一边笑说，往后老了，这样的牛肉和牛筋，真正是十分配合我们的牙口。又拿出还不知在天上哪片云彩下躲着的"孙子"说笑，说这样的牛肉和牛筋，小孩子多吃，一定长得壮实。说笑并没耽误吃肉，我们把剩下的牛肉汤汁又泡了饭吃，因为实在很好吃。

这道红烧牛肉既简单又麻烦。说它简单，因为它只用一个方法，煮；两种调料，酱油和糖。说它麻烦，是要用三天时间才能做好，反复将食材煮开再关火，直到牛肉牛筋完全熟透至软烂，很费时间。

第一天，牛肉牛筋分开煮，各用酱油煮三十分钟左右，关火；第二天，继续第一天同样的操作；第三天，合成一锅煮，不时翻搅以免粘锅，煮约一刻钟加入冰糖大火收干。盛盘时，酱色油亮，滋味鲜美。

这样的红烧牛肉又鲜嫩又软烂，静置于时光中的"焖"功莫大焉，把汤汁的味道完全浸到牛肉里。不用快火，而是靠时间慢慢渗透。

一碗牛肉，慢慢煮，煮上三天，自然好吃。哪怕一碗"红烧牛肉"，也要靠时光来成就。看来，日子也可以这样慢慢过。

朱熹有首诗："昨夜江边春水生，艨艟巨舰一毛轻。向来枉费推移力，此日中流自在行。"时机未到，盲动枉费力气；时机成熟，该来的"自在行"一定会有。时机，需要积累和淬炼，需要人在时光里等待。

跨年之际，吴晓波的演讲中有这么一段话刷屏：每一件与众不同的绝世好东西，都是以无比的勤奋为前提。要么是血，要么是汗，要么是大把大把的曼妙好时光。读着这段话，让人安心，"风口上的猪"终究逃不过地心引力，传统与务实终于开始在我们的社会回归。

想起来，中医有一个煎煮技法，叫作"熬至滴水成珠"。就是将煎熬出来的中药沾上几滴倒入水里，药滴并不散去却凝结成水珠状，就叫滴水成珠了。没别的办法，在时间里煎熬，总是可以成就的。

往后余生，不要着急，也不懈怠。勇敢地对自己说，慢慢来，在时光里熬出好滋味。

梅　酒

上次写了《我有一壶酒》，我说：我有一壶酒，你有故事吗？

好多人私信我，说他们有故事。我信我信，我当然相信。在这世上行走几十年，谁还能没故事？

我呢，还有一壶酒。真的。

林舍小院临河的岸边一溜儿长了四棵梅树，有红梅、白梅，每年"雪深春尚浅"的时候，它们就开花了。

谷雨过后，树上结满青梅，把枝条压弯，由于没人采摘，最后落满一地。家里的小狗妞妞常常把落在地上的青梅衔起，朝天抛去，再急急地去捡，忙得不亦乐乎。妞妞不爱吃它，估计梅子酸涩。

去年十月，家里又多了一只狗，唤作妹妹。今年春天结青梅的时候，它才五六个月大。它常常逡巡于梅树下，嗅来嗅去寻找落在地上的青梅。妹妹很会享受，有一次竟然把沙发上一个绣花垫子拖到了院子里草地上，趴在上面，慢慢地享受青梅。如果不是亲眼所见，你很难相信这样的场景。看它入迷的样子，你会觉得，这果子一定好甜，恨不得尝一下。

每年，我们都做青梅酒。可以从三个维度细分我们的青梅酒：从青梅角度，一种去核，一种保留完整青梅；从选酒角度，一种软妹系低度日本清酒，一种硬汉系高度中国白酒；从糖的角度，有时酒里放冰糖有时放黑糖。林舍主人有着理科男的严谨和细致，他会用"闽普"轻声细语地告诉你，青梅酒如何制作才能达到最佳效果。青涩又生脆的梅子，把它去核，配中国白酒；又软又面，已经熟得像黄杏的，保留完整，配日本干烧。就这样干吧，"日本软妹儿"和"中国硬汉"两个系列的青梅酿，就都有了。

于是，采摘、去蒂、粗盐揉搓、盐水泡、在青梅表面戳洞洞、晾晒。忙乎大半天，然后暴晒半日之后，青梅软了，梅子散发出的香气清爽极了。最后一道工序，装瓶，我们喜欢用云南黄冰糖或者是黑糖，置入瓶底，封罐！

四五个月后，就是开罐畅饮之时。青梅酒开坛之时，总会想一想过往，邀一邀故旧。每年的青梅酒，都有好几大瓶，都会喝光。那么，和谁喝了呢？只记得在中山陵云儿茶馆，和一众好朋友，喝了"黑糖梅酒"。还记得有一次，是和画家老杨、刘民一起喝的。更多的时候，因为花开、因为一碟好菜、因为当时的好心情，是两个人对酌了吗？还是哪次家宴或雅集？想不起来了，都忘了呢。

所幸还有忘不了的。"黄冰糖软妹儿梅酒"呢，淡淡的，透着青梅香气，喝的时候，要加冰块。至于菜嘛，鱼要清蒸，肉要白切，蔬菜生灼。可以和斯文的朋友，一起细嚼慢咽，谈点儿风雅之事，说些深深浅浅的话。如果喝的是"黑糖硬汉梅酒"呢，鱼可以大块红烧，肉要浓油赤酱炖烂，蔬菜用荤油生炒，然后和一群要好的朋友，围坐一起大块吃肉，大碗喝酒，大声喧哗。酒过三巡，你好像听到了不少故事，故事细节却又仿佛淡去，谁知道呢？

两种梅酒，仿佛人生的清淡与浓郁两种滋味。愿你俱足圆满，样样都有。

念念不忘

　　每天中午，我都会在一条小街上散步。满眼都是熟悉的街景，突然瞥见一家新开的小店，店门口挂着一件黑色老绣镶襟的灰色旗袍。此种情景，很是诱人。

　　忍不住走进小店，墙上挂着一幅纯墨色的中国画，墨分五色、深深浅浅，假山、芭蕉，很对我的心思。小店的女主人，见我对着画看个不停，说是南京艺术学院的一个女教授画的。再仔细看一下落款，果然是个小有名气的女画家。又见靠墙的货架最上层立着个木牌子，上面刻着"念兹在兹"四个字。女店主说，这是一个旧文具箱的盖子。说是有回她帮朋友的老母亲搬家，这是老人小时候用的东西，可惜箱子已经破损，只剩个完好的木盖子，老人见她喜欢，就送她了。带着时间痕迹和人生记忆的老物件，总是让人感怀。又见墙上挂着一张国画牡丹图，用笔稚嫩、憨态可掬，女主人笑说，这是她女儿十岁时画的，女儿现在已经是个在南艺（南京艺术学院）学国画的大学生啦。听得出来，因为女儿，她十分骄傲呢。

其实，这是一家旗袍定制店。又仔细看了几件旗袍，和店主探讨了穿着旗袍的要领和体会。小店刚从别处搬来，生意并不景气，就靠原先的老客户关照，只是维持而已。聊到这些，女店主的神色里便有几分落寞。人生多艰，互相感慨和鼓励一番，走出店来。

现在，其实已经很少逛街了。自从有了某宝，购物是如此便捷，宅家下单便是。

一定是有人在逛街的，要不，这些小店是怎么生存的呢？每次在街边走过，看着一家家小店，这个问题都会出现在我心里。

其实，有多少女人不爱逛街呢？逛街不仅有物质上满足的乐趣，也还有情感的满足。曾经的乐趣，被丢在哪里了呢？

那条路是汉口西路，尽头是山阴路。这是一条美丽的小路。春天，它的白玉兰开得十分茂盛。

近些年来，记忆里关于逛街购物的记忆，多在日本。

前年，在日本。大清早，我们乘坐新干线从京都去了奈良。那是个冬日清晨，才八点多，古镇非常安静且清冷。出了火车站，我们仿佛走在一片背街小巷里，有点儿像走入北京老弄堂里的感觉。又阴又冷。走进一家便利店，买了一小瓶梅酒。和林舍主人说，边走路边喝梅酒，会越走越暖，好不？林舍主人坚决不从，说是若被人看见，会显得非常没教养。

可是，可是，小巷子里一个人也没有呢。那么，我自己喝。才喝上一口，林舍主人接过酒瓶，也开喝了。相视，不禁大笑起来。

才喝几口，路口豁然开朗。原来，我们到了目的地，一个旧物市集。收起酒瓶。不用照镜子，我知道自己两眼放光，心都是暖的。

小店一家挨着一家，有各种各样的旧东西。这些奈良的旧物件，于我，仿佛是熟悉的陌生人。是的，能看见古老中国的影子，影影绰绰在其中晃动。有刺绣的老布，有各种茶具，有漆器，有瓷器，有陶器。看上了一个日本瓷罐，它让我想起清代石涛的画，《野色》十二开之一。花青，赭石；松树，山峦。石涛是我最喜欢的画家之一，这个罐子，让我如逢故人般欣喜。店里人不多，店员也是十分客气，一层又一层地包装之后，我们互相鞠躬又鞠躬，仿佛共同完成一笔大生意的架势。其实才几百元人民币，只是个普通的瓷罐。

现在，这个瓷罐静静地站在我家柜子里，肚子里满满的都是寿眉老白茶。

看到这个罐子，我便会想起奈良的那个冬日早晨，想起清冷的空气和清甜的梅酒。

还是前年，那次旅行，我们首站到达的是日本冲绳。中国人喜欢叫它琉球，读来感到有古意和风雅。事先做了功课，知道冲绳陶瓷特别多。

如今，一回想起冲绳，第一个映入脑海的是无处不在的狮子。当然，是陶瓷的狮子。它们，有的守护在住宅或小店或小酒馆的大门口，有的高高立于屋檐之上镇宅，有的坐镇在半山腰垒起的小路上，有的出现在阴井盖上。又是如遇故人，这狮子，分明是我中华文化的遗珠呢。

那天，在去壶屋的小路上，我见到了最可爱的狮子。它正襟危坐在屋檐之上，有三个晒太阳的活蹦乱跳的喵星人，正围绕它搔首弄姿。而它，当然只能我自岿然不动。

壶屋到处是陶瓷小店，然而，每个小店卖的东西都不一样。"老鼠掉米缸里了"，林舍主人说只有这句话能形容当时本尊的状态。小碗小碟，买了不少。最喜欢的是一个描金高足碗，碗画面让我好不喜欢。我想象中的雷神和风神，就是如此金刚怒目。翻过来，碗底落款"萨摩"。那两个字长手长脚，非常像宋徽宗所创的瘦金体。

买了这只碗出来，发现外面正在下小雨。"斜风细雨何须归"，继续走在寻器的路上。一滴滴冷雨落在脸上，才发现自己的脸因为激动和兴奋，已经是通红且发烫。

哎，不就是一只碗嘛，何至如此？

京都去过好几次。有一次，在京都买到了好几支毛笔。

那天，我们原计划是去锦市场，全是各种各样好吃的。在那里，吃到的柿子印象最深。柿子每两个用一根绳子串起来，分别扎在柿子蒂上的梗子上。柿子摊前，我们就拿起一串，一人吃绳子一头的柿子，边吃边大笑。柿子外表干瘪，可内里是流心的，好比溏心的蛋，甜蜜又不腻人，一口下去就咬到柿子丝丝缕缕的脉络。这柿子，多像有种人，外表粗粝沧桑内心却柔软多汁。和林舍主人这么说着，带着一嘴的甜蜜，走出了锦市场。

市场边上有一条街，竟然是条文具街。有个店，里面挤满了香港同胞，都在里面买毛笔。那时，初学书画的我，正苦于找不到合适的毛笔。于是，狼毫、羊毫、兼毫、鼠毫、豺豹毫，个个见着十分亲切。心里直呼价廉物美，和香港同胞一起，只听见耳边普通话、日文单字、英语、粤语狂轰滥炸，一顿狂购。

今天回想起来，那家店里还有镰仓的漆器文具盒，亦是十分精美的。可惜，失之交臂。

是的，我恋物。我爱那种心手相连的东西。而且，我喜欢那种我爱的东西围绕在我身边的感觉。

没错，我不爱奢侈品。也许，像燕子说的，我们这一代人喜欢那些不值钱的收藏，或许都是受了三毛的影响。她走过全世界的千山万水，搜罗无数宝贝，都是有故事、有记忆的物件，虽然在有些人眼里这些根本不能称之为"宝贝"。

我觉得，街头小店不会消失的，逛街的乐趣也许会在若干年后回来。因为，那种乐趣里有生活的真义，有人之所以为人的温柔与慈悲。

人间种种清香

立春之后没几天，今年第一次，我吃到了荠菜饺子。当时，同住一个小区的表姐，给我送来了她自己包的鲜荠菜饺子。

那天，天气阴沉，春雨很急且雷声隆隆。荠菜饺子，滋味清香，那一口春意鲜甜，着实抚慰人心。油绿的荠菜馅儿，看着就让人想到风行雨散、润色开花。春雨过后，草木随着地上的阳气蒸腾，开始抽嫩芽了，大地回春的时候已经来了。

这两天，一位经营着民宿和美食的南京姑娘，开始外卖荠菜饺子、板蓝根饺子。去年春天，在浩荡的春风里，我见过她种在山囿里的品种繁多的蔬菜，从心里敬她是一枚勇敢无畏的"天蝎女汉子"。于是，果断下单。荠菜、板蓝根、蒲公英、苜蓿头、枸杞头，春天新生的又嫩又绿的绿叶，都出现在她的饺子里。你瞧，饺子里，藏着春天的滋味，还有，一个女人柔韧且坚决的勇气。

今天，农历二月初一，庚子年的正月结束了。天地有节，立春和雨水，庚子年的头两个节气已过。今天还是八九的第一天，"七九河开八九雁来，九九加一九，耕牛遍地走。"小时候背熟的句子脱口而出，心里立刻暖了起来。还有十八天"出九"，暖洋洋、绿油油的春天真的要来啦。这几天，林舍的结香已开至繁茂，野性的花儿香气十足；梅花开得如云蒸霞蔚，落下的花朵已把河边铺上粉色花毯；樱桃树的枝条鼓鼓胀胀，叶芽儿已是急不可待要来到枝头。站在院子里，总是不由自主深呼吸、猛吸几口香气，怕错过了春天甘甜又芳香的气息，心里就有了酥酥痒痒的愿望。

春在溪头荠菜花。年年此时，空气里飘荡着春天的清香气息，枸杞头、马兰头、香椿、菊花脑等春季野菜应该很快上市了。在每个春天，属于它们的时间都很短。好比，我们人活在这个世界上，其实时间也很短。

庚子大疫，生活不得不停顿了。人在旅途中，停顿的状态也许最容易让人焦虑，可是，又有谁不是停下来才看到美丽风景的呢？

驻足、待渡，中国画里常描绘停顿。停顿，不可怕。只是要记得停顿时的经历。

逛菜场，买时鲜野菜，以往的日常，却成了这段时间最不可企及的念想。宅于林舍，我们开始畅想闭关之后去菜市场的种种"买买买"。

枸杞头。南京人喜欢把它凉拌，吃起来先苦后甜。枸杞头的嫩芽儿常常带些红色，刚入口有几分涩，然后越嚼越甜。汪曾祺是扬州高邮人，他在《故乡的食物》里这么写：枸杞头可下油盐炒食；或用开水焯了，切碎，加香油、酱油、醋、凉拌了吃。那滋味，也只能说"极清香"。《红楼梦》里有一段，提到探春和宝钗想吃油盐炒枸杞芽儿。李渔在《闲情偶寄》里也说："金陵城里枸杞苗随处可见，下场雨采回来不用花钱。"可见，从古至今，无论贫富贵贱，枸杞头是金陵城里人人都好的那一口。

马兰头。马兰头和荠菜都和枸杞头一样，味道都似中药，吃到嘴里又麻又苦地刺舌头，初吃的人很可能吃不惯。其实，马兰头切碎了，香干切碎了，再加上细细的虾米，凉拌非常美味。小时候，妈妈总是说，春天来了，吃枸杞头、马兰头可以明目，可我觉得味道苦，并不爱吃。人到中年，却越来越爱那一口野菜的药香与苦味，嘴里的滋味苦中有甘、苦尽甘来，心里就慢慢安静下来。

春天的野菜，是老天爷对人类熬过漫漫寒冬的奖赏。

香椿。它是"长在树上的蔬菜"。有人说香椿是蔬菜中的榴梿，爱吃的人觉得奇香无比，不爱吃的闻着味儿就皱眉。香椿头是香椿树的新芽。每年春天，邻居大姐总是把家里香椿树采下的新芽扎成一小束，送给我们尝鲜。我最喜欢的是香椿头涨蛋。金黄色的鸡蛋里藏着红红的香椿，看着心下便十分欣喜。

菊花脑。菊叶最主要的吃法就是菊叶蛋汤，非常简单，然而，这是南京人从春吃到夏的一道家常菜。菊叶蛋汤，我总能喝出薄荷味儿，清凉极了。菊花脑也可以清炒，除了盐什么都不放，最大限度地保留菊花脑本身的清香。

茭儿菜。曾有人戏说，茭儿菜是茭白小时候。不对，茭儿菜是野生茭白，它永远不会如人工种植的茭白那般肥美，而是又细又嫩。它只在每年初春才会出现在人们的餐桌上，用它炒鸡蛋或者炒肉丝，再配上小小的海米。绝配。吃过一次，你就会永远记得它的鲜。

　　讲个三毛的故事。荷西第一次吃中国粉丝，感到好奇。三毛这样解释：春天下的第一场雨，下在高山上，被一根一根冻住了，山包扎好了背到山下来一束一束卖了换米酒喝，不容易买到哦！最诗意最顽皮的解释，荷西吃到的是"春天下的第一场雨"。

　　王羲之，在《兰亭集序》里有这样的感叹：欣于所遇，暂得于己。

　　天地之间，写着一个"暂"字。

　　珍重待春风。这是时间的选择，也是你我的选择。

奢侈的豆腐

《射雕英雄传》里，黄蓉做了好多道闻所未闻的菜式，哄洪七公开心，让郭靖学到了降龙十八掌绝学。

就说那道叫作"二十四桥明月夜"的豆腐吧。金庸写得有滋有味，这道菜做法可谓独特，黄蓉先是把火腿刨开，挖了二十四个圆孔，再用兰花抚穴手将豆腐削成二十四个小球并分别放入孔内。之后扎住火腿，放入容器中蒸。蒸熟之后，豆腐完全吸收了火腿的鲜味，把火腿弃掉，单吃豆腐。洪七公一尝，自然为之倾倒。

把火腿弃掉，单吃豆腐。端上桌，只见豆腐，主角儿。火腿呢，压根儿没露面，因为是配角儿。第一次读到这里，我惊叹：把火腿弃掉，那可是整条火腿！黄蓉啊黄蓉，做菜如何这样大手笔？

其实，首先得搞明白，黄蓉到底是个什么样的女孩。不少热爱金庸的人们热衷于研究"郭靖初见黄蓉一餐饭菜花了多少钱？"又咂摸那匹郭靖送黄蓉的汗血宝马，就是郭靖初见黄蓉就慷慨相赠的、他自己的坐骑小红马，说到底该值多少钱？这些研究，让我看得心头火起，去去去！虽说，傻小子郭靖当时贵为蒙古国金刀驸马，可黄蓉也是一枚货真价实的"白富美"呀。在她爹黄药师的"桃花岛"上，古物珍玩比比皆是，件件都是价值连城的宝物。岛主黄老邪，天文地理无所不知，琴棋书画无所不能。黄蓉，作为黄药师的掌上明珠，当然是典型的富养女儿啊。

说这么多，无非就是想说，只有这样在富贵且风雅之中泡大的姑娘，才会想出这样的菜式，才能做出"二十四桥明月夜"这样的菜品。牺牲整条火腿，就只为二十四小块豆腐！

只是，我想小声嘟囔、弱弱地插上一句，那条火腿后来去哪啦？当下，"二师兄"身价一路飙升，将整条火腿弃之不食，怪可惜的呢。

看到这里，很多人会想到《红楼梦》里那道著名的茄鲞。闯入大观园的刘姥姥尝过之后，来了一句说："别哄我了，茄子跑出这样的味儿来了？"王熙凤详细讲了茄鲞的配料及做法，刘姥姥听完，摇头吐舌表示惊叹，说道："我的佛祖！倒得十来只鸡来配它，怪道这个味儿！"十来只鸡成就了一碟子茄鲞，却并未现身。

这道茄鲞，透出了作者的生活态度。生于钟鸣鼎食之家的曹雪芹，用平等矜持的心看待奢靡生活。看来，生于富贵和向往富贵，完全不是一回事儿。

近年来蒋勋大热，他在讲析《红楼梦》时，缓缓说道，前八十回中，贾府富贵滔天，却从未吃过大鱼大肉，吃喝用度反而看似朴素，实则精巧至极。而在后四十回里，一个贵族忽然变成了暴发户，吃的是山珍海味，用的是金银美器。红学家俞平伯几乎全盘否定了高鹗后续的四十回，张爱玲更是直接称其为"狗尾续貂"。这么看来，自有他们的道理。

"显贵"，不符合中国人的价值观。是不是可以这么说呢，咱们中国人推崇的，真正的富贵都是不动声色且隐匿无形的。比如小块豆腐之外的整条火腿，又比如隐身于一碟茄子之外的十来只鸡。

《红楼梦》读了无数回，我最忘不了的是一道面汤，是的，就是小荷叶莲蓬汤。宝玉挨打之后，全家人关心，老太太贾母更是想尽办法满足他的一切要求，贾宝玉想到要吃小荷叶莲蓬汤。凤姐笑道："听听，口味不算高贵，只是太磨牙了。巴巴的想这个吃了。"

这道美食说白了，就是一碗面汤。荷叶莲蓬取汁和成面，然后用汤模子做成各种各样的形状，再用鸡来煮汤。汤模子装在一个小匣子，里面装着四副银模子，都有一尺多长，一寸见方，上面凿着有豆子大小的孔，也有菊花的，也有梅花的，也有莲蓬的，也有菱角的，共有三四十样，打得十分精巧。薛姨妈见了，也直呼没见过。要知道，薛姨妈也是出身名门嫁入豪门的贵妇，连她也感叹，足可见贾府鼎盛之时的富贵与精致。

清荷，与宝玉的某些性格底色，挺搭的。

端上来的，只是一碗面汤，看不见的是鸡，还有荷叶与莲蓬，还有精美的银质模器。隐形"配角"，功莫大焉。

如此说来，一道菜中各色食材似乎也应有"君臣佐使"之分。

君为主治药，臣起辅助作用，佐即协助主药治疗附带的病并抑制主药毒性，使即引药直达病所。而一个杰出的大厨，他所能做的，就是让作为臣子的食材为君主食材奉献全部。正如一个名医开出药方时，已经将"君臣佐使"分配停当，从而让药方发挥至最佳状态。

其实，我们普通老百姓的菜品，也是有"君君臣臣"的讲究。比如林舍有道极美味的鸡爪，烧的时候，提前泡发好各类海鲜干，比如蛏子干、扇贝干、牡蛎干、蛤蜊干、瑶柱干等，泡发好之后加入生抽、老抽，还有鲍鱼汁，然后将鸡爪放入，与各类海鲜干一顿小火狂煮。煮熟之后，将鸡爪装盘。各类海鲜干，当作凉菜小碟另外装盘。这样的海鲜鸡爪，鲜煞人哪！

见素抱朴，见其本身。家常菜，常常是最普通的食材。如何让最普通的食材成为至味，是个见仁见智、一直在路上的大课题。正如，如何把平淡无奇的日常，活成只属于自己的、独一份的"大富贵"呢？庄子有一句：朴素而天下莫能与之争美。朴素，最本质也最持久。极致的富贵，一定是隐遁的、朴素的。

天时与美食

早起，看花。

刚过霜降，早晨气温有点儿低。看看昙花，十多个花骨朵儿，颜色红红的，像极了冻得红红的鼻头。今年，昙花竟然在十月中旬，又打花苞了。以往，国庆节期间，昙花总要开一波，这是它每年的谢幕之作，很隆重很不舍。然后，就要静待来年。

今年，因为国庆节期间，南京仍然是连续三十多度的高温天气，于是，昙花再次孕育了花骨朵儿。

现在看起来，昙花有点儿纠结，天气又冷了，开还是不开？其实，纠结的不仅是昙花，昙花的主人也很纠结。按说，应该把花苞摘了，多浪费宝贵的养分呀。可是，万一可以开花呢？在十月下旬，昙花开花，岂不是一件难得一见的美事？

要说纠结的花朵，可不止昙花，还有好几种呢。你瞧，白兰花还在小院里开着呢，它可是夏季花卉呀。前几天，樱花也傻乎乎地开花了，它可是春天的花朵呢。含笑，真是可笑呢，它竟然打了一树满满的花骨朵儿。杜鹃呢，也在花期，这是它今年第三次开花。现在，它们都在纠结中。继续开吧，好像不具备条件；不开吧，都憋足劲儿努力想开花有那么一阵子了呢。

它们都误会了。误会了天意。植物的心思呢，显得木头木脑、憨头憨脑，却又十分执着与可爱。

当然，大多数植物都深谙天意，这是它们与生俱来的天赋与智慧。它们伴随着节令的脚步，听从着内心的律令，并不被气温所蛊惑。南天竹已经结果了，粒粒饱满，它们在等待寒冷的天气。到了下雪的时候，南天竹通红的果实便是雪中一景。老鸦柿的果实也开始转红。我最喜欢此时的老鸦柿，仿佛还有那么点儿青涩却又即将艳红，仿佛人生中那些最值得期待的时刻。芭蕉，已经将果实挂在了高处。今年，芭蕉结了两串，浓郁的绿中有两处嫩嫩的黄，芭蕉的颜色和样子真是很美。早着呢，芭蕉还将以树的姿态站在那里，直到真正的冬天裹挟着寒风来临。

一阵又甜又暖的香味儿飘来，桂花香。桂花比往年迟了差不多二十天。在整个南京城的千呼万唤中，桂花终于开花了。阳光下，桂花香蒸腾起来，这是秋天最曼妙最勾人心魄的时光。所以，人们说，桂花香是秋天的灵魂。

该来的总会来，不会缺席。在我心里，桂花总是和栗子、螃蟹一起来的。

在我小时候，糖炒栗子是非常奢侈的美物。全城只有一家，就在和平桥下，支起一口好大的铁锅，里面是黑色的砂子，翻炒板栗的沙沙声听起来十分迷人。用黑砂炒出来的板栗个个开着小口，散发着糯糯的、甜甜的香气。来买的人并不多，一边看的人却很多。这口诱人的大铁锅就支在我上学的必经之路上，而这个时节，总是小城桂花香浓时。其实，我从来没吃过这口大铁锅里炒出来的叫作"桂花糖炒栗子"的板栗。也许，正因为此，这一切才永远留在了我的记忆里。

霜降，在江南，就是吃蟹的集结号。起先，总是雌蟹成熟；然后，公蟹也饱满了。看来，这也许是动物世界的普遍规律。然而，到了霜降节气，雌雄相当。就是说，吃蟹最合适的时候到了。

今年的霜降，我心中最好吃的菜是扁豆炖南瓜。昨天一早，我们找遍菜场，终于发现了唯一一家卖扁豆的。紫色的扁豆有些老，正合适炖。家里有邻居种的南瓜，扁豆炖南瓜。是呀，在外面吃过一次，就念念不忘了。林舍主人说，他翻遍小红书，也没找到这道菜的做法。然而，他端菜上桌的那一刻，我们都惊艳了。橘红色的南瓜油亮坚挺，紫色的扁豆软绵绵依偎在南瓜边上。吃上一口，南瓜绵、糯、甜，扁豆却筋筋络络，很有些劲道。林舍主人说，秘诀在于加了一勺荤油。

南瓜、扁豆都应该是快要下市了，这两样爬藤植物很快就要在秋阳里收场了。

霜降之后，便是立冬。今年的秋天，似乎一来便是深秋，转眼就要入冬。

以往，我总害怕年年如此；经历了这两年的疫情，我觉得人间最美好的事，莫过于年年如此、岁月静好。

不是有句话嘛，人生有三样东西是无法挽留的：生命、时间和爱；你想挽留，却渐行渐远。

记下这些文字，权当一种挽留吧。

我有一壶酒

我有一壶酒，足以慰风尘。

往下接。

据说，抖音发起的这个接龙活动，获得最多人点赞的是：尽倾江海中，赠饮天下人。

豪气冲天。我喜欢。

酒，要分享，才痛快。

小时候，父亲在家中喝酒，作为家中最小的三女儿，都是我陪父亲喝酒。于是，从小对于美好生活的向往，其中有一条便是：家中有酒。

和林舍主人一起生活在自己的小院，我们喜欢做酒。院子里青梅将熟未熟，我们摘下，做青梅酒；石榴结籽，饱满鼓胀，我们摘下，做石榴酒；佛手成熟，黄澄澄结在枝头，剪下，做佛手酒。

至于江南人最爱的杨梅酒，我们喜欢慈溪杨梅，个头不大，果肉紧实，味道清甜。也许因为那里有林舍主人的好友，我们觉得，江浙一带无论哪里的杨梅都比不上它。人的味蕾是有感情的。我们常常把酒中的杨梅取出，装在小碟里，在家宴时当成一道冷菜。

朋友从云南寄来玛咖，小侄女带来上好的缅甸藏红花，加上宁夏的枸杞，一起泡入酒中，新酒诞生；好友馈赠的西梅，紫黑硕大，果香扑鼻，可惜吃不完就要变质，泡入酒中，中国白酒几天后就成了浓郁的果酒。

然而，我最爱的是橄榄酒。

橄榄，又叫青果。在酒里，橄榄由青涩饱满变成了满身皱纹，滋味却甜了。

和林舍主人一起回福建老家，他总喜欢在水果摊上买鲜橄榄。我问怎么吃，他诧异之极：放嘴里嚼。可是，我从小吃的橄榄是蜜饯食品呀，甘草橄榄、五香橄榄之类。至今，我仍然记得，五分钱三枚，用一张纸包着，扭成麻花一样的甘草橄榄。那是多么昂贵又馋人的零食呀。他骄傲地说，我们从小吃的都是新鲜的橄榄。又说，在他小时候，妈妈会把鲜橄榄用盐腌，当成早晨配白粥的咸菜。又咸又涩又开胃，多吃几枚，嘴唇都渍得发白。福建是全中国最大的橄榄产地，他们当然吃鲜橄榄。嚼了下，实在太苦太涩。然而，忍住最初的苦涩，嘴里会生津，再过会儿，渐渐有了回甘。他说，来五斤吧，带回去泡酒。

事实上，福建人喜欢吃的陈皮、佛手、柚子参、八仙果、橘红之类，大多清热解毒、利咽化痰、生津止咳、润肺疏肝。这也许是因为古时闽越地区多瘴疠之气。

于是，碧绿的鲜橄榄，加上云南黄冰糖，等了半年，终于开盖尝了下。一小口，微苦，微涩，稍后就是舌底鸣泉，然后你会甘之如饴。仿佛在喝陈年老茶，火气已然褪尽，缓缓喝上一口，再用心品尝，舌底生津，仿佛心底所有的不安流走，紧绷的心弦放松下来了。

秋天来了，阳光成熟平静，来一杯橄榄酒。喝了咱的酒，润肺理气、宁心安神。

我有一壶酒，你有故事吗？

吾家小菜

　　根据咱们古训，"小雪腌菜，大雪腌肉"，节气已过冬至，该说说小菜了。

　　冬至那天，林舍主人一早就去了菜市场，他买回的菜里面，竟然有一大包儿菜。胖胖的、嫩嫩的、绿绿的，几大棵儿菜躺在桌上，看着就叫人高兴。果然应了那句话，所有的相见都是久别重逢，我们有一年时间没见到儿菜了。儿菜，仅仅在冬天才有，是属于冬天的蔬菜。去年此时，初见儿菜，它粗大的根部，环绕长着一个个翠绿的芽苞，好像一堆娃娃把娘紧紧围在中间，所以呢，它又叫"超生菜""抱子芥"。那一次，我们炖排骨快出锅时，把儿菜切成大块放进汤里。就只五分钟，儿菜很快熟了，口感细腻软糯微苦。怪不得儿菜又叫"儿多母苦"！林舍主人爱吃，说是让他想起小时候吃的福州芥菜。很快，我家腌笃鲜的原料改了，很骄傲地变成了：排骨、咸肉和儿菜。

有一次，我们吃到了好友送的一罐小菜，糖醋腌的，因为觉得特别好吃，拿来和我们分享。你瞧，真正的好友就是如此。我们幸福地吃着。边吃边互相启发，口感脆、有点儿苦，切成滚刀块，颜色又绿又黄。最后，我们一致认定：儿菜！这个认定是有难度的，因为儿菜是四川、重庆地区的冬季蔬菜，在江苏很少见到。其实儿菜是很家常的，五元一斤，属于百姓日常菜。我们问过度娘，果然，儿菜可以腌着吃。对我们而言，仿佛一项重大科技成果通过了鉴定。

这回，又买到儿菜，看到林舍主人兴致勃勃的样子，肯定是要让科技成果转化成生产力了。由林主持操作全过程，洗干净切成滚刀块，用盐腌渍四小时出水，沥干；放入加了黄冰糖、白醋的密封罐。然后，交给时间吧！

两天之后，开罐，夹出几块，颜色还是嫩绿的，加上白胡椒粉、蜂蜜，然后淋上麻油。暂停！唠叨一下麻油，小时候，我最爱麻油香，可妈妈每次只舍得放几滴。她总是说，为啥叫滴麻油，就是只能滴几滴的。现如今，我已是女主人，我的财务自由充分体现为"麻油自由"。我倒麻油，基本原则是淹没过小菜。可见，小时候造成的心理缺失会在成年后实施"报复性补偿"，以此自我治愈。哇！微酸微甜微苦，口感十分清新，十二分顺滑更兼十五分脆爽。林舍主人，你又成功了，林舍食单上又多了一道小菜。

中国人讲究"不时不食"。时令小菜，林舍食单上还有一道腌嫩姜。每年夏天，我们会从嫩姜上市一直吃到它落市。今年开始腌嫩姜的那天，刚好是小暑节气，七月七日，是个周末。据说《易经》上小暑的卦是"遁"，逃遁、隐藏。而清代李渔说，小暑，应夏藏，闭门谢客。循着古人的智慧，那个周末，我们真正闭门宅了两天。

腌嫩姜，选料非常关键。在菜市场选嫩生姜，要选白里透红、嫩得仿佛透明的生姜，这样的姜头部呈大片粉红色。洗净，用海盐渍过，泡在柠檬醋里，再加入云南黄冰糖。隔日，便可取食，入口只觉得微微的又麻又甜，清爽无比。

属于嫩生姜的时间很短。仅仅每年入夏不足一个月。仿佛一个女人的豆蔻年华，总是倏忽。所以，好好珍惜嫩生姜的豆蔻年华吧。腌嫩姜，特别适合体寒的女性夏季食用。古医书上说，生姜"通神明"，虽没那么神，但开胃生津驱寒是真的。每年夏季，我总是拼命给兰花、昙花、朱顶红施肥，它们也年年报之以美丽芬芳的花朵。世间道理总是相通的，养人与养花怕也是一个道理，冬吃萝卜夏吃姜，相信也能使你的身体"通神明"。

大概，每个人最喜欢吃的，都是小时候妈妈做的菜，每个人记忆里或许都有属于自己小时候的腌菜。今年吃腌嫩姜的时候，和林说了我妈妈每年夏天腌的一道小菜：西瓜皮。取西瓜瓤和外皮之间的薄薄一层，切条、洗净、盐渍、晾干，吃的时候，放入酱油、麻油、糖，清脆鲜爽。妈妈说，孩子夏天吃了身上不长痱子。

再说说萝卜干儿吧。如皋、常州、萧山的萝卜干儿都好吃，反复讨论、推敲、鉴别，还是百岁老人最多的"长寿之乡"如皋萝卜干儿当之无愧的最好吃。虽说萝卜干儿开袋即可食，其实只要稍作处理，口感会好很多。林舍主人要是离家几天，一定会做一件事：炒萝卜干儿。将萝卜干儿切成小粒，加"六月鲜"生抽、蚝油，大火猛炒，装盘前用冰糖水儿颠炒一番，再加蒜泥、姜末、白芝麻、葱花。此时的萝卜干儿仿佛换了新颜，晶莹剔透，鲜极了！只要有这样一盘萝卜干儿，配上白米饭，就别无所求啦。

不得不说的，还有椒圈虾皮，这是自小在海边城市长大的林舍主人，最爱的一款小菜。画家老杨，特爱这一口。只要桌上有老杨，林舍主人一定会现做椒圈虾皮，作为小菜。

吾家小菜，就说这么多吧。

烟火里的时间

　　早晨，扬州宝应县氾水镇的一家小面馆，人来人往，热气腾腾，都是慕名来吃长鱼面的人。据说，面汤是用新鲜的长鱼骨头熬出来的，每天凌晨三点开始，熬四个小时。

　　天特别冷。这家面馆，不大的门脸一直敞开，人们进进出出，个个脸上挂着喜洋洋且暖洋洋的表情，耳边尽是吸溜面条的声音，看来美食不仅安慰了胃还能慰藉人心。坐等面条的时候，看到小面馆的墙上正中位置，挂着一幅中国画，牡丹图大红大绿，旁边浓墨重彩地写着中国人耳熟能详的四个字"花开富贵"。

　　身处小面馆，人群之中，心中感到十分祥和。想到自己年轻时不喜欢的东西开始渐渐喜欢，我知道自己老了。岁月从不饶过任何人。要知道，这样的牡丹图，这样的人声鼎沸，年轻的时候，我会认为是俗气，会不屑一顾，会嗤之以鼻。不知道从什么时候开始的，我理解了这种俗气，并且开始享受这种俗气。生活终究是俗气的，每个人都是人群中的沧海一粟。高冷的上流社会，离我们远着呢。

我喜欢的作家阿城说，世俗小说是很高的境界。那么，我是否可以说，世俗生活也是很高的境界呢？一个人，要活多少年，才能发现世俗生活的乐趣呢？应该是在旌旗猎猎、鲜花着锦的岁月过去之后吧。

年轻时，总是喜欢沧桑又生硬的人，把冷漠又严峻的硬汉高仓健当成自己的偶像。那个时候，我以为，男人中的男人、女人中的女人，才是真正纯粹、真正性感。而今，更珍惜温暖、柔软、干净的人，喜欢男人带着温柔和慈悲，喜欢女人大度又智慧。

同样一个意思，西方是这么表达的：

——作家伍尔夫说：真正伟大的灵魂都是雌雄同体的。

——柏拉图说：人本来是雌雄同体的，终其一生，我们都在寻找缺失的那一半。

而在东方，我们怎么表达呢？

《太平广记》有这么一个故事，有人问小和尚，金刚为何怒目？菩萨为何低眉？小和尚答，金刚怒目是为了降伏恶人，菩萨低眉是为了摄取善人。所以呀，既能金刚怒目，又能菩萨低眉，方能得道成佛。

其实，我们还有一个词：琴心剑胆。形容那些既有胆识又有情致的人，中国人喜爱的武侠小说里有不少这种侠骨柔肠的人儿。比如郭靖，比如乔峰，还有黄药师。

我的爱人是个让人时时处处安心的伴侣，他有温暖的笑容和温暖的手。平日里，他可以从容地修剪花枝，可以耐心地养一缸鱼，可以下厨烧一桌菜。旅行中，他会带我行路，会陪伴我，会解决各种疑难杂症。这样的好，是在漫长的共同生活中慢慢凸显出来的；这样的好，是在时间里慢慢淬炼出来的。

去年国庆节，回老家。走在熟悉又陌生的小街上，一家家逛着小店。听着乡音，一件件比试着家乡特有的棉纺织品，心里温暖又宁静。我们是有多久没有享受逛街的乐趣了呀。

因为有了某宝，购物确实便捷，我们总是在网上下单，总是在购买和使用崭新的东西。可是，购物的快感似乎消失得很快。我们在潦草地购物，潦草地消费；然后，我们又匆匆地厌倦它们，将它们匆匆地抛弃。于是，给世界带来了无尽的垃圾。

唉，我们为什么要一直不停地买买买呢？我们在经历过物资匮乏的年代之后，又一脚跨入了一个过度鼓吹和煽动购买欲的物质化时代。于是，我们被欲望劫持、把持不住自己了。

想起小时候，母亲有了新衣，总是很难得穿，要"出客"才穿，就是出去做客才穿新衣。对于自己慢慢攒钱买来的东西，母亲总是爱惜地使用，且把东西保养得很好。母亲有一套德国产的玻璃盏和碟，只有过年才拿出来用。后来，母亲把它们送给了我，成为我的传家宝。

最近几年，我慢慢开始明白，也许这才是物质的真义。惜物，才能获得深刻和长久的满足。梭罗在《瓦尔登湖》里有句话：我愿意深深地扎入生活，吸尽生活的骨髓，过得扎实、简单。

是呀，在生活里扎得越深，越觉得，很多时候，少即是福。

近年来，我开始学习书法，据说这和拿着泡了枸杞的保温杯一样，也是人到中年的标配之一。

学书法，当然要读帖。一开始学习的都是宏大叙事的书法作品，它们正襟危坐、端庄严肃，比如欧阳询的《九成宫》、褚遂良的《雁塔圣教序》、智永的《千字文》。它们让我膜拜，却生不出亲近。随着学习的深入，开始接触到一些手帖，发现当书法之美和生活相结合，就可以摆脱拘谨生硬，变得从容自在起来。

比如，杨凝式的《韭花帖》是杨凝式记述他午睡之后，感觉肚子饥了，正好朋友送来韭花，吃了感觉好香，心中惬意无比，写下帖子感谢友人。要知道，杨凝式身居唐末五代时期宰相高位。他的书法流传千年，而最有名的就是记叙这件生活小事的，其中记录的人世情义也随之流转千年，真是让人可亲可感可怀。

杨凝式吃个韭花，写个帖子。王羲之给朋友送橘子，也写个帖子："奉橘三百枚，霜未降，未可多得。"后来，人们把它叫作《奉橘帖》。也许，你会觉得，这些微不足道的小事，如何能登大雅之堂？可是，不可多得的三百枚橘子里的人情之美，好让人迷恋。橘子珍贵，你要好好珍惜！

那个在芭蕉叶上练字的怀素，那个被叫作"草圣"的草书大家，也有一个十分有趣的帖子：苦笋及茗异常佳，乃可径来。他告诉友人：苦笋和茗茶两种物品异常佳美，那就请直接送来吧。真是个爽快人，的确是那个字迹潦草至龙飞凤舞的人哪！

这些流传千年的帖子，我看了一遍又一遍，它们让我坦然，让我释怀，让我感慨。原来，留名青史的大家也和我们普通人一样，也有那些在鸡零狗碎里度过的光阴。

世俗生活，是琐碎，是日常。哪怕相隔一千年，我们仍然闻得到其中的烟火味。

　　太阳底下无新事，时间是世界真正的主人。只是，很多事，必须走过时间，你才能明白。

游

记

大理记

1　自由的气息

三个半小时的飞行，到大理，已是下午五点。

阳光明媚，秋高气爽。从机场出来，一边是远远的黛青色苍山，一边是近在眼前的银蓝色洱海。人在山海之间穿行。上天厚待大理。一路上，开疯了的木槿、三角梅随处可见。三角梅姿态多样，一会儿是修剪过的灌木球，一会儿是开花的挺立的树，一会儿又是从围墙上悬挂而下的开满花的篱笆。木槿常常是深红、粉红、橘红，多色混开，美得妖娆。只可惜一路大兴土木，让人不安。我们住大理古城，在网上订的"深藏瓦舍"。一小时车程即到。闹中取静，日式风格，客栈是台湾人作品。一共五间房，今天只有我们入住。我们的房间叫"挪威的森林"，下沉式卧室，床头木板装饰有巨大的人头像，风格简约，很有艺术气息。房间挑高有三米多，非常舒适。到大理，不想住酒店，只想住民宿，就是想感受自由和散漫的气息。

出门吃饭，"段公子"酒家人满为患。于是，先生和我讲金庸，大理国段公子，喜欢听他讲金庸。

喝了当地的梅子酒。之后，夜逛古城，远远地只见已是黑色的苍山上白烟缈缈，宛若仙境。先生说是绝美的水墨画。眼前脚下的古城却已商业化，和丽江、束河、平遥古城并无区别，从城里走到城外，再回城里客栈。我们到前台喝茶，自己带的水仙、肉桂。邀前台小姑娘喝茶，听湖北姑娘说自己上大学，在深圳工作半年、辞职，在大理边工作边旅行的经历。这中间，闯进来一个中年男子，说想看看"瓦舍"。他说自己住温哥华，2012年来过大理，喜欢上这里。今年，再来古城，他已"找不到当年的感觉"。是啊，只是当时已惘然。

每个人都是自由的。《肖申克的救赎》里有一句话：有一种鸟儿是永远都关不住的，因为它的每一片羽毛上都闪耀着自由的光辉。如果不能做这样的一只鸟儿，至少可以向往。

2 喜洲

这里是大片看不到头的稻田。黄黄的稻田已到了收获季节，有不少人正在收割稻子。已经收割的，将稻草堆成垛，一堆堆放在田地里。远处是苍山巍峨，蓝色天空，白云缈缈，还有白族人翘角飞檐的房屋；近处是金色稻田，稻穗弯下了腰，在风中承诺着丰收。

从没有这么近距离地体会过丰收，原来丰收的色彩是金色，丰收的味道是如此清新甜美。想起了莫奈画的《干草堆》，以前一直不明白，一堆堆干草，何以让莫奈沉迷其中，画界公认的是莫奈对于光线的神奇把握。见过了眼前的稻田和稻草垛，领悟了其中奥妙。这里阳光饱满明媚，云朵亦时不时飘过，光线的变幻莫测，实在是太吸引人而令人沉醉了。其实这是大雨刚过。大理的天气变化太快，当地人说，大理的天气看天气预报是没用的。关键看苍山的云，如果苍山早上是阴云，一定马上下雨；如果是白云，晴天概率会大。

今天早上，我们九点出门，不用看云，雨已经在下，且越下越大。我们还是按计划去了喜洲古镇。门口的硕大的高山榕树是喜洲的标志，村里人视其为"风水树"。熊培云写的《一个村庄里的中国》，就曾说过，中国古老村落村口大多有棵巨树，树下成为村里的聚会场所。这棵高山榕树很特别，树冠巨大，根系虬曲，据说候鸟还有一个多月会来，到时候会有白鹭落满枝头，是村头一景。

大树的对面是紫云山寺，房子非常破败，但是雕栏画栋，古风犹存。里面供奉着"斗姆"，道教掌管日月星辰的大人物。管理寺庙的白族大妈，大多忙于择菜炒饭，宗教气氛让位于世俗生活了。

选择来喜洲，因为它历史上是云南的军事和商贸重镇，有大理最大的白族建筑群。老舍先生《滇行短记》里就提到过喜洲，说它"有像王宫似的深宅大院，都是雕梁画栋。有许多祠堂，也都金碧辉煌。"显然，沧海桑田，留下的是历史的痕迹。在一处小巷里，我们见到了一个非常醒目的门楼，斗拱繁复、翘角飞檐、画迹尚存，它只剩一个门楼，里面全是新建的小楼。我们竟然发现它的门边上全是"文革"用语，落款：一九六六年九月。看来，它被历史遗忘了。

喜洲的老街全是商业街。仿佛一个上了年纪的老妇，披红挂绿，强作欢颜，实则不堪。请善待她吧！她是大美而不言的，只需庄重，只需静默，只需朴素，便胜却人间无数。

从喜洲出来，意外地，我们听说有古戏台。于是，在卖蔬菜瓜果、鸡鸭鱼肉的农贸市场，我们看见了精美的古戏台。戏台很美，浓墨重彩，却也杂草丛生。是啊，戏台是很美，旁边的人们从容不迫地生活，也是一种美好的生命姿态。戏台啊，你且静静地守护着人心和历史吧。

之后，我们沿洱海边绕行。挖色，双廊，海东，三个镇子依次通过。双廊，那个因杨丽萍的太阳宫、月亮宫而闻名的所在，目前因为整治洱海的工程，已经封闭施工不得入内。当地人总是说，现在来大理，因为洱海正逢治理，真不是时候。

没关系，我接受这并不完美的旅途，正如接受并不完美的人生。

3 寂照庵

今天我们去了大理寂照庵。寂照庵建在苍山之上。当我们爬山到了寂照庵门口，还未进门，首先被迎面而来、从未见过的巨大紫阳花吸引。它有蓝紫色、绿色的巨大花球，每个都开得有大海碗那么大。时间已是九月底，紫阳竟然还开得如此热烈。

进得庵去，再次惊喜、惊艳直至惊呆。这里满坑满谷都是各种多肉植物，地上栽的，桌上放的，墙上吊的，而且已经立体分布，全方位无死角，视线所及，无一处不见多肉植物。其次，所有的多肉植物都状态良好，大多是多年老桩。玉蝶长成卷心菜大小，红稚儿真是如稚儿小脸红通通，吉娃莲、唐印、小人祭也是红绿相间。佛祖保佑，多肉植物都开挂了。再者，花器也是浑然天成，不拘一格。有的长在枯树凹处，有的长在粗陶大碗里，有的索性直接长满一条旧木船。

在这里，禅意与审美俱在，让人感慨修行是无处不在的，信仰可以如此美丽。据说，这一切归功于这里的住持妙慧法师。

进得庵里，感觉这是个禅意的花园。不肃穆，不生硬，却温暖又清新。没有人烧香拜佛，所有人都在美的世界里沉醉。妙慧法师说：佛什么都不缺，不在乎你一炷香，但在意你一颗心。寂照庵很有人气，大家都等到中午吃斋饭。斋饭二十元一位，有十种蔬菜，吃多少打多少，浪费了罚你"跪一炷香"。中午吃饭有一百多人，很安静，大家人手一碗坐在院子里长木桌前，吃得从容自如。

其实，寂照庵是个尼姑庵，里面有大雄宝殿，供奉着菩萨像。

寂静照鉴。寂照庵的修行，一定让佛祖欢喜。汝未见此花时，与汝心与此花同归于寂；汝来看此花时，则此花一时明艳起来，便知此花不在汝心外。寂照，照见人心，亦照见时间。

从寂照庵回来，我们直奔"大理床单厂"。这里正在开市集呢，每周六一天。一进门，摇滚乐震天响，好多老外牵着各种大狗，在里面转来转去。有卖陶瓷、银器、布艺、石头、笛子的，什么都有。我喜欢看老外的摊位，他们满脸笑容，认真地展示自己的原创手工艺品。他们无比享受市集，有一种过节般的喜气洋洋。有一个东南亚女人，穿着小小的手织钩针抹胸，性感而美丽，兜售自己的钩针织物。她一定知道自己的美丽，不时走来走去，牵引着人们的目光。

就喜欢这样的大理，它有一颗包容一切的心。

日本记

1 冲绳

都说冲绳的海鲜、猪肉和牛肉好吃，的确不错。然而，每个人都有自己好的那一口，我的那一口是——冲绳豆腐。

花生豆腐。在酒店早餐时吃到的，第一次吃它时，因为"花生豆腐"四个中国字全认得。入口，感受好丰富，于是一口又一口。像花生酱，像酸奶，像冰淇淋，浓浓的花生味，全然没有豆腐的涩味和苦味。久居日本的海兰姐说，这是花生和芋头制成的，据说是冲绳特产。不是大豆制品，也敢叫豆腐？

生豆腐皮。在冲绳的第二天晚上，和某人去了居酒屋。选择这家居酒屋，是因为它的门口盛开着鲜艳的三角梅，挂着硕大的白色珊瑚球，美得另类。人满为患，我们坐在吧台上。和旁边一人独享晚餐的日本男子一样，我们也点了酒，他喝黑雾岛烈酒，我喝黑梅酒。生豆腐皮来到我们面前时，我俩交换了眼神，太袖珍了吧，每块只有大拇指第一节那么大，上面点着芥末。侍者见我们诧异，呆立，我们同时如日本人般点头哈腰地说"嗨"。细嚼慢咽，味道很不错，一层又一层，滑爽鲜嫩。平时我们吃的大多是干的豆腐皮，就是鲜豆腐皮也是熟吃。生豆腐皮，是第一回尝到。

豆腐蔬菜料理。还是那晚，当一大碗豆腐蔬菜沙拉来到面前，我们同时松了一口气，终于来了一大碗。豆腐的口感类似中国老豆腐，但不涩不苦，显然用一种植物油浇淋过，有股果香，上面还粘着白芝麻，介于老豆腐和豆腐干之间。万事万物，都在于度嘛，拿捏分寸，掌握分寸感，是人生永远学不完的学问呀。食物亦然。

琉球本土文化、大和文化、中华文化、美国文化，共同揉捏出了冲绳。冲绳是可爱的。正如我们爱一个人，常常是在他身上看见了自己。正是无处不在的中华大唐因子，让我感受了它的可爱。

冲绳，再见！

2　古意的琉球

琉球，好有古意和雅韵的名字，读来令人感怀。

人们说，这里是最不像日本的日本。是的，在这里见到很多高大俊朗的男子和美丽高挑的女子，明显有西方血统，神情举止却全然是日本做派。这让人联想到琉球曾被美国统治的历史。

这里的人们，性格似乎比日本本土的更加热情美好；这里的色彩，也更为明快鲜艳；这里的物件，较之日本常见的简洁明快，似乎更多艺术性和装饰意味。

仿佛一个人，曾经受过伤，有过伤痛，但在正道和慈悲之间，他选择了仁慈，活在了当下。这样的选择，是无奈，更是智慧。

琉球狮子无处不在。哎呀，这是咱们大中华的文化遗珠呀。见之，倍感亲切。它们，有的守护在住宅或小店或小酒馆的大门口，有的高高立于屋檐之上镇宅，有的坐镇在半山腰垒起的小路上，有的出现在阴井盖上。在壶屋那条小路上，见到了最温暖的狮子，它在屋檐之上，围绕着它的是三只晒太阳的喵星人。世间任何平常而美好的事物，大抵如此了。

今天步行快有六小时了吧。一路见过各种不同肤色和发色的人。在路途上，你抛却历史，放开过往，这或许是旅行让人上瘾的原因吧。

一天，什么都不做，只在壶屋流连于各家陶器店，在海鲜市场逛吃逛吃。当我们吃完现做的各种海洋生鲜，心里想：你要以这样的方式记住它，屏住呼吸，闭上眼睛，侧耳倾听。听到自己内心的声音，一朝一夕，拖延至一生那么绵长可好？

每一个旅途中的人，灵魂是脱去衣服的孩子。

长路且行且远，要珍惜并珍重。

3 镰仓的声音

到达镰仓，不过晚上六点多，天完全黑了，夜深沉，感觉像晚上八九点。后来的两天，我们发现，每天四点半左右，镰仓就暮色四合，且只用半小时，这座海边小古镇就彻底进入黑夜状态了。每天早早入夜，像一个干净自律的男子，气息质朴又温和又安详。

喜欢镰仓的安静、陈旧、残破、刻满岁月痕迹的古寺、街巷、植物，所有的颜色、触感和气味，好像在一条光影斑驳的时光长河里过滤和沉淀过一样，像老电影里的画面。而它对自己的美，完全不自知，就像一朵花不知道自己有多香，就像幽兰不知自己有多贞静。所以，它不急迫，不急于表现自己，在岁月里静水深流。

说说印象里的几种声音。

到达的第一个夜晚，我们晚上七点多从酒店出发，过街到了海边。周遭安静，没人。只听到轰的一声，哗的再一声。不断重复。这是海浪拍打堤岸又退潮的声音。如此激情，如此丰盛，如此剧烈。黑暗里，仿佛有昙花开放的幻觉。海浪如同昙花，它们的美都是暴烈又迅急，根本不为这人世间存在，是属于自身生命的潮涌。和他一起惊叹，从未见过黑夜的海。其实，海在街边，多走两步，就能听见汽车呼啸而过的声音。汽车的声音此起彼伏，而海的声音永不停歇。因为它是大海呀，永恒的存在呀。站在海边，听着海的声音：往后的岁月里，我们应该怀想的是什么样的过往，是什么样的人？生命里有不息的潮声吗？

镰仓的电铁是"网红"。它陈旧却不破旧，坐上电铁，可以把镰仓古城绕遍，非常方便。坐在电铁上，耳边全是"哐啷""哐啷"的声音。电铁线经过之处，有时是海边，可以静览海景；有时经过之处全是住宅小院，日本人的宅子总是被植物包围，是人和植物共同建立起来的空间，密不可分，而见得最多的是松树。它美得凛冽又中性，有一种粗率的优雅。电车上老人很多，常见他们眯眼假寐，时而掏出布手绢擦眼睛。布手绢呀，一下子将时光拉后几十年。快进站时，电车会发出"叮叮叮"的清脆铃声，好像催促孩子上课的铃声。我们就这样"哐嘟""哐嘟""叮叮叮"去了美丽的江之岛，又去了建长寺、长谷寺、大佛、龙口寺、明月院等好多古寺。好几次在电铁上，把头靠他身上，竟然睡着了。电铁的声音实在太催眠。

大和文化里，有个奇怪的所在，女性七八十岁了，还是如少女般结伴出行。她们打扮得体，妆容整洁，仿佛在等待转角就会出现的白马王子。电车上、餐馆里、居酒屋、商场里，都能看见她们成群结队，并且叽叽喳喳。从八幡神社出来的那个中午，我们在一家餐馆吃饭，邻座便是两个老奶奶，话又稠又密，没有停过。从她们的穿着打扮，可以判断她们生活优越，她们不时发出"嗨""咦""喔"各种声音。满满的少女感。你会觉得，日本女人的身上，有一种厚实的世俗生活欢喜劲头。她们是否有意忽略了生活的阴影和命运的流离，不得而知。可以肯定的是，这是一种坚韧的生命态度，温暖又皮实。

记忆里还有各种声音、味道、触觉，一起融化在了心里。让我感怀，成了心里的声音。我听见自己说：享受植物于四季的轮回，享受笑容与哭泣，享受生命里注定的来来往往。这一切，仿佛树叶上的太阳光。微弱又坚定。正因为有这个光亮，我们才从容喜乐地行走于世间。

4 京都的柿子

那天在京都锦市场，吃到的柿子好特别。柿子每两个用一根绳子串起来，分别系在柿子蒂上的梗子上。柿子摊前，我们就拿起一串，一人吃绳子一头的柿子，边吃边大笑。柿子外表干瘪，可内里竟然是流心的，好似溏心的蛋，甜蜜又不腻人，一口下去就咬到柿子丝丝缕缕的脉络。这柿子，多像有种人，外表粗粝沧桑内心却柔软多汁。这是一种修行呢。锦市场，好吃的东西太多了，特别是各种现做的海鲜和各种日本传统美味，一路走一路尝，忘不了的最是那一颗柿子。

今天在酒店吃早餐，发现一种水果，它们被切成块躺在大碗里，挤挤挨挨，红通通的。我以为是杏子呢，夹一块放盘子里，咬了一口，竟然是新鲜柿子，去了皮，去了核，又甜又糯。第一次知道鲜柿子还可以这样吃。

去金阁寺的路上，和他说，要去找一棵柿子树，树形很美，它的旁边是一棵槭树。前几天，看过李叶飞的一篇文章，提到金阁寺里有棵很美的柿子树。心里很艳羡，想去看它。在路上，不停在说绕口令"一棵是柿子树，另一棵是槭树"。金阁寺的确金碧辉煌，气度不凡，举手一拍就是一张明信片。他说，1993 年第一次来日本，金阁寺还可以走上去细看的。现在，金阁寺宛若在水中央，只可远观不可亵玩。金阁寺的枫树，已开始落叶，树上和落在地上的枫叶都开始枯萎卷曲。可是，明明前两天我们在东福寺、清水寺、永观堂，看到的都是漫山红遍呀。时间到哪儿啦？好快好快。心里开始发慌，那棵柿子树上的柿子掉光了吧，落叶了吧？金阁寺兀自在阳光下闪闪发亮，仿佛三岛由纪夫一样，决绝又决绝。找啊找，盼望着盼望着，柿子树始终没出现。走出大门，突然笑自己。何必见戴？乘兴而来，兴尽而返，如此而已。

已是第二次来京都。觉得这个城市，不能用美或不美或者任何一个形容词来定义它。它不妖娆，不甜美；它有一种坚定不移的硬朗之感，你无法亲近它，你只是被征服。克制、秩序、平静、专注、一心一意、秘而不宣，这些珍贵的品质，它都有。而它的安静与朴素，是送给所有旅人的礼物。

又不完全是这样。它的内里蕴藏的决心和力量惊人。人类最大的武器是什么？是豁出命去的决心。在这里，你能感受到这一点。它浓缩了菊与刀。

真正深刻的感情是有戒律的。

你要记住的京都，就是这样。

西班牙记

1　三宗"最"

浪漫、丰富、迷人，都可以是对一个女子的褒赞，用来形容西班牙，正合我意。

或许，这位女子人到中年，姣好面容已消失在茫茫时光里，成为寻常众生。可有一种魅力是刻在骨头里的，与皮相无关。西班牙，正是这样的一位女子。

最难忘的瞬间。那天，刚刚到达龙达小镇的万丈悬崖之上，突然听到了悠扬的小提琴声，一个着白裙的金发女子，正在阳光下拉琴。周遭安静，琴声悠扬。悬崖峭壁，以及在风中飘扬的金发和白裙，连同美丽的琴声，一起凝固在我的记忆里。龙达小镇，是西班牙斗牛艺术的起源地。这座有着三千多年历史的悬崖上的小镇，特别受艺术家钟爱。小镇不大，白色房子布满悬崖之上。

据说画家达利曾经在这里生活，他的那些诡异的意象，《记忆的永恒》里软软的时钟和深不见底的峭壁有着什么样的关联？海明威也钟爱这里，在悬崖之上的树丛草地之上，踩出了一条"海明威小道"。海明威曾在一篇小说里写过，要恋爱和私奔，请到龙达小镇吧。世界上真有这样的地方，可以让时间停止、让记忆永恒吗？那里一定是天空之城的模样。

最震撼的建筑。圣家族教堂，我想把它藏在心底柔软的地方。因为它不仅关乎宗教，它更关乎爱，世间最纯粹、最浓烈、最无邪的爱。它有着千年宗教的根基，是肃穆的；它又有着现代的充满想象力的奇特造型，是有灵魂的。我见到的，是正午艳阳下的圣家族教堂，是一座满是云朵、宝塔和果实的宝山，分明可见诸神在其中腾云驾雾。后来，我常想，月光下的教堂，应该是什么样的呢？心驰神往。设计师高迪，年轻时酷爱鲜衣怒马的生活，接手圣家族教堂十年，成了全身心苦行的最虔诚的教徒。高迪每天早上五点起床，跪在上帝面前，清晨的圣家族教堂，又是什么样的呢？一个从小患有自闭症的天才设计师，一个一生未曾恋爱、未曾有过婚姻家庭的人，是怎么理解爱的？高迪的圣家族教堂，一定是他心中天堂的模样。见过高迪的照片，年轻时，他真是一枚英俊潇洒的美男子；而老年的高迪，可用"身如琉璃，内外明澈"来形容。他的一生，是一场爱的修行，把一切交给上帝，安静从容，甘之如饴。这或许就是圣家族教堂的气质。

最复杂的文化与情感。回想西班牙之旅，摩尔人建的阿尔罕布拉宫，吉普赛人原创的弗拉明戈舞，罗马人建的塞哥维亚水道桥，西哥特人始建的首都托雷多，众多小镇里优美的犹太人聚居区。西班牙人对自己浓郁的异域风情，是引以为傲的。欧洲结束的地方，非洲开始的地方。和法国隔着比利牛斯山，与非洲摩洛哥仅隔着一条直布罗陀海峡。历史上，西班牙战事频仍，并且残酷惨烈，一会儿欧洲打过来，一会儿非洲杀过去，西班牙都是战场。众多民族和文化造就了西班牙，大航海时代更是将西班牙打造成"日不落帝国"。三年的西班牙内战，曾经吸引了国际纵队，作家海明威、奥威尔都曾为西班牙战斗过。西班牙仿佛是一幅拼图，在历史长河里展现着不同的容颜。人们总说西班牙是热情的，但西班牙更是悲伤的，在历史深处掩面而泣，却抬头向世人展露笑颜。多民族、多文化，西班牙的地区问题、自治问题，也许永远是历史的常态了。

祝福，祈祷，为西班牙。

2 高迪的建筑

当我真的站在圣家族教堂对面的街道上，抬头仰望那西班牙艳阳下的神圣教堂时，心灵被深深地震撼了。这分明是一座山，一座满是云朵、宝塔与果实的宝山，仿佛一座诸神在其中腾云驾雾的山。

一时无语。心中凝咽。

黄山谷的话飘然而至：恰如灯下，故人万里，归来对影；口不能言，心下快活自省。如此的时空交错，皆是因缘际会。

人和人，人和物，冥冥之中，缘分自有定数。初见，却仿佛再相逢。圣家族教堂用建筑的语言讲述了圣经故事。我不是基督徒，也没细读过《圣经》，所以，这里让我动心的并不是宗教。以往，也曾数次走进教堂，总觉得压抑、沉闷。然而，在圣家族教堂，感觉完全不一样，一百七十二点五米高的大教堂，四周顶上全是彩色玻璃，阳光有着风一样的线条，置身其间，只觉得敞亮、愉悦、宁静，一切都是刚刚好。

巴塞罗那，有了圣家族教堂，便可傲然于世界了。西班牙人应该感恩高迪。

高迪，西班牙国宝级建筑师，是世界上最伟大的建筑师之一。有七个作品被列为世界文化遗产。据说，他幼年时患有自闭症，与人沟通极为困难。长大后，他用建筑作为语言与上帝对话。圣家族教堂，是这个一生未曾恋爱过、更未结婚生子的人，献给上帝的作品。高迪的一生，有四十多年的时间，完全交给了这座教堂。当地人说，最初接手教堂的设计工作，高迪年仅三十一岁，以年轻的天才设计师闻名西班牙。每每来到教堂，他鲜衣怒马，只坐在马车上发号施令。十年后，他住进了教堂地下室，将全部身心交给了上帝。每天早上五点多，天还黑着，高迪已跪在上帝的面前。他在向上帝倾诉什么呢？他已经成为最虔诚的信徒。

这座教堂全部采用曲线，因为在高迪看来，直线是人类使用的，曲线才能献给上帝。教堂内外，无数的雕塑与雕像，栩栩如生已不能说明其风采。高高耸立的教堂仿佛一座桥，沟通了上帝与人类。

一百多年过去了，圣家族教堂至今仍未完工，塔吊就在现场繁忙施工，高迪设计的十八座塔目前只完成八座。西班牙官方宣布，2026 年，圣家族教堂将完工。其实，对于这座已经成为世界文化遗产的建筑来说，能否如期完工仿佛并不重要。

　　看来，要成就完美，上帝要的不仅是人的智慧，更是人全身心投入的心血与定力。做到纯粹，做到极致；完全失去自我，又全然都是自己。

　　高迪所在的时代，并非太平盛世，而是处在西班牙内战的前夕。当时，西班牙已经从"大航海时代"开启的"日不落帝国"巅峰跌落，社会动荡。然而，世间总有一些天选之人，皓首穷经，沉醉于上帝选中一般的生活。而当社会恢复常态，人们发现，正是他们，在引领着世俗社会的发展。

　　在圣家族教堂，听到当地讲解说，高迪生前热盼加泰罗尼亚自由。当今的加泰罗尼亚"独立"浪潮此起彼伏，高迪会怎么看怎么说？此一时彼一时，无法言说。而且，当代人所谓的"独立"与高迪所谓的"自由"是否是同样内涵，谁也不知道。只是，高迪对加泰罗尼亚的爱，是自私的，是宠溺的。一百多年过去了，谁能保证时事不变呢？

　　在看过圣家族教堂的第二天，又看了高迪的作品：奎尔公园、米拉公寓、巴特罗公寓。即使是普通公寓，高迪仍然能将其设计成元气淋漓的艺术作品。当然，高迪的作品一定是费钱又费时的，世俗的标准在高迪面前手足无措。高迪一定是个有非凡童心、爱读童话的人吧？你瞧，奎尔公园的门房设计创意来自格林童话《糖果屋》，而巴特罗公寓的设计创意来自加泰罗尼亚的英雄圣乔治打败恶龙的故事，米拉公寓顶上的烟囱全部都是精灵造型。高迪一定是个一辈子爱玩泥巴的老顽童吧？你瞧，伊斯兰人带给西班牙人的马赛克，被高迪全部打碎再揉来揉去，光鲜亮丽，却又仿佛柔软无比。高迪小时候一定是个怕黑暗的孩子吧？你瞧，他的所有建筑都用彩色玻璃到处透光，所有空间都通透无比。

万物皆有裂痕，那是光透进来的地方。高迪人生的裂痕，成了透光的地方，成就了他。西班牙人说，高迪的人生只有两个维度，爱上帝，爱故乡加泰罗尼亚。

对于宗教和艺术的双重热情，让高迪的人生宛如飞蛾扑火。懂了高迪，就懂得了加泰罗尼亚，就懂了西班牙人。

对于爱，《圣经》里有大致这样的形容：爱是恒久忍耐。爱是慈悲。爱是宽容。爱是相信。爱是盼望。爱是永不停息。我觉得，一生未曾恋爱的高迪，其实是懂得爱的。是的，爱是永不停息。

3　弗拉明戈舞

忧伤，乃至悲伤欲绝，是贯穿弗拉明戈舞始终的情绪。女舞者身姿袅娜，男舞者脚步繁复，老者的深歌悲情嘶哑，他们的表情都怀着深深的痛。为什么性情开朗、明澈简单带着些狡黠的西班牙人，会跳出如此深沉、奔放乃至绝望的舞蹈呢？爱死了弗拉明戈舞里的绝望气息。

西班牙人说，当年，伊莎贝拉女王攻下格拉纳达，颁布了法令，"要么信天主教，要么走人"。最后的摩尔王国消亡，于是，吉普赛人、柏柏尔人、犹太人流离失所。弗拉明戈舞，正是吉普赛人在此时形成的舞蹈，带着"国破家亡"的悲伤。后来，在弗拉明戈舞的发展过程中，它的内涵与外延都扩大了，成为西班牙特有的艺术形式，但它悲情的基调始终没变。

爱看弗拉明戈舞里的男女对舞。女舞者媚眼如丝，在眼波流转之间，又变成了悲伤绝望；而男舞者，脚步繁复铿锵，却仿佛笃定又自信。在我看来，女舞者舞的是"爱不爱我"，而男舞者说的是"请跟我来"。于是，你来我往，你进我退；欲迎还退，欲罢不能。

弗拉明戈舞的女舞者是风情万种的，不是天真，不是单纯，是熟谙世事的，是曾经沧海的。带着浓浓的风尘味。看透了世事，却依然爱你。幸或不幸？

我觉得，看弗拉明戈舞最合适的场合，也许是小酒馆。灯光昏暗，声音吵闹，到处弥漫着烟草气息，而人们的神经已被酒精麻痹。突如其来，阿拉伯老者深歌撕心裂肺，音乐急管繁弦，舞者疯狂进退。

致敬世间所有美丽却不羁的灵魂。

4　格拉纳达

格拉纳达，是一颗小小的石榴。在西班牙语里，称石榴为格拉纳达。在格拉纳达的那天早餐，吃了当地的石榴，石榴很甜，籽很小很软。一下子想起了西班牙国徽最下端，挂着的那颗小小的石榴，指的就是格拉纳达。那是曾资助哥伦布航海的伊莎贝拉女王，被西班牙人尊为女国父的人，在西班牙国徽上挂上了这颗小石榴。

真的，格拉纳达，从一开始，就是颗有故事的石榴。

当年，费尔南多三世攻打格拉纳达，格拉纳达的君主深知自己势孤力单，不堪一击，只身来到费尔南多面前，说"拿走我的一切，让我做您的奴仆"，于是，格拉纳达从伊斯兰自治王国成为一个自治省。费尔南多本意在于宗教统一，一念之仁，让格拉纳达又继续自治。这是多大的知遇之恩呀！后来，当费尔南多去世的时候，格拉纳达组织了精壮的摩尔骑兵一百名，赤足，手执白蜡烛，星夜兼程，从格拉纳达赤足步行去塞维利亚祭奠。估计，勇士们要走一个多月。之后，年年此时举行这一仪式，致敬费尔南多，直至格拉纳达消亡。

其实，无论伊斯兰教或者天主教，是可以相通的。在宗教世界之外，还有世俗与日常，还有民间社会。格拉纳达的摩尔人感恩之心昭然于世人，动人心弦。

最终，1492年1月2日，摩尔人首都格拉纳达陷落，西班牙光复运动宣告完成，西班牙最终实现统一。所谓的阿拉伯西班牙、摩尔人西班牙就此结束。据说，这里的吉普赛人、柏柏尔人、犹太人纷纷被驱逐。而犹太人，这个智慧的民族，即使背井离乡，仍然有着属于自己表达尊严和信念的方式。他们用小提琴手在路边奏乐引导和鼓舞被驱逐的族人。想到这个场景，让人落泪。

这所有的一切，都是缘于宗教。如何对待与自己不在同一精神频道的人呢？一个内心强大的人，一定是宽容而慈悲的。小时候读鲁迅，他的"绝不宽恕"让我心头一紧，无端害怕；而年长之后，喜读胡适，因为他说宽容比自由更重要。异端的权利，永远存在。

在格拉纳达，游览了阿尔罕布拉宫。这座始建于十三世纪的宫殿，即使今天看来，仍然精美无比，理念不凡。伊斯兰风格的建筑，精雕细琢，妩媚而旖旎；天主教的建筑，端庄又沉稳。它们一并矗立，和谐完美。走出阿尔罕布拉宫，大家感慨不已，从没想到伊斯兰世界的文明曾经如此发达，但是遗憾的是后来这个曾经高度发达的文明分崩离析。

到西班牙没几天，加泰罗尼亚宣布独立。其实，政治分裂、民族问题、地区问题，从未离开过西班牙。全世界都在关注西班牙。风暴中心，西班牙很安静。人们说起"独立""罢工"这些词，一脸平静，一切如常，仿佛这本来就是生活的一部分。

5　塞维利亚的卡门

卡门，自从在梅里美笔下诞生，已经在世上活了将近二百年。

卡门被无数的人们所喜爱，因为卡门有独特的人格魅力。第一次读《卡门》，是在读大学的时候。老实说，我一点儿也不喜欢卡门，这个吉卜赛女人见异思迁、见利忘义、水性杨花。小说里和卡门爱得死去活来最终恩断义绝杀死卡门的何塞这么说："如果这世界上真有妖精，那么卡门一定是个妖精。"随着年龄的增长，经历了很多的人和事，当我无数次听过歌剧《卡门》里最为著名的《斗牛士之歌》，多次在电视里看到弗拉明戈舞，慢慢地，我越来越理解卡门。喜欢她的风情万种，喜欢她的自由不羁，喜欢她的性感、野性和率真。这样的女子如同天空中的鸟儿，每一片羽毛都闪着自由的光辉，什么也不能阻挡她的自由飞翔。我爱世界上所有真实而充满魅惑的不羁灵魂。

在塞维利亚，人们说，卡门的人物原型是塞维利亚卷烟厂的女工。梅里美，这个以考古为主业、写小说为副业的人，是在一次西班牙考古旅途中，听说了这个悲剧故事，创作了不朽的《卡门》。美丽的卡门工作过的卷烟厂仍在原址，卡门最终被何塞杀死倒在血泊中的广场也仍在原址，卡门爱上的斗牛士埃斯卡米里奥英姿飒爽斗牛的斗牛场也仍在原址，故事依然在世间流传。

到达塞维利亚已是黄昏，整个城市仿佛笼罩在一片金辉里。当我们走过瓜达尔基维尔河畔，金色暮光中的金子之塔，它别致的造型，它的沉静与广阔，它脚下汩汩流动的河水，深深地打动了我。据说，当年从大海上掠夺无数财富的船只，都从这座塔楼前经过，才能驶入内港。当地的人们偷偷地传说，从大海中来的金子上带着印第安人的诅咒。果然，海上来得容易的财富去得也快，在十六世纪，西班牙"日不落帝国"迎来黄金时代，而后便江河日下。为西班牙带来二百多年辉煌的哥伦布，就葬在塞维利亚大教堂。不得不说，当年资助哥伦布确乎是伊莎贝拉女王的不凡之举。而今，人们也在重新认识与思考，新大陆的发现，给印第安人带来的灾难。然而，历史已经写就，无法更改。

在暮色金辉里，我们沿着塞维利亚大教堂边走边看，清真宣礼塔干净挺拔，别有风味，哥特式天主教堂威严肃穆。你会觉得，这不是一座教堂，而分明是一座规模宏伟的城堡。当年，这里的一半人在念《古兰经》，一半人在祈祷上帝。这就是西班牙了，这就是摩尔人西班牙了，这就是勇猛又宽容的西班牙了，这就是混血的西班牙了。

别忘了，这个城市诞生过卡门；别忘了，这个城市是弗拉明戈舞的发源地。热情又奔放的卡门，当她跳着弗拉明戈舞的时候，当她裙裾飞扬，当她明眸善睐，当她的身体被欲望缠绕，当她的灵魂从她的身体里旁逸斜出的时候，你知道，她注定要奔向那个威猛的塞维利亚斗牛士埃斯卡米里奥！

植物

白兰花

初夏的今夜，我不关心人类，只聊白兰花。

林舍的白兰花，真的是准时又勤奋的花朵，这几天已经开始悄悄开放。白兰花一开，便觉得夏天来了。夜色里，摘下一朵半开的白兰花，慢慢地看它。它的花朵又细又长，仿佛纤瘦的白袍女子，让人心生怜爱。又顺手撸下白兰花一片树叶，捻了捻，将它放到鼻子底下，再深深地吸上一口，叶片都是香的。正如美好的女子，连灵魂都有香气。

其实，作为"夏花三白"之一，无论是文学作品，还是绘画或者歌曲，常常有赞美栀子花、茉莉花的，白兰花亮相的机会真的少。它不如栀子花花型丰满且香气浓郁，又不如茉莉花具备的温馨如邻家少女般的家常气质，它是低调的花朵。

这辈子见过的最多、最高的白兰花树，是在潮州。在那之前，只是在福州西湖边见过白兰花树，当时很是吃惊，因为在南京白兰花是无法在室外越冬的，所以我从来没见过高大的白兰花树。而去年，此时，白兰花震撼了我。在潮州。

到潮州的第一天，进入客栈，迎面而来就是高大的白兰花树。这是一座老宅，它的主人的父辈当年从新加坡商人手中购得。所以，整幢宅子充溢着南洋风情，大气淡定又舒适。门口的白兰花树原来是一对，一个硕大的白兰花树桩成了现在的功夫茶茶台。据说，这棵白兰花树是被某年的台风吹倒的。无法想象，如此粗壮的大树轰然倒地的情景。据说，潮州台风非常厉害。台风来的时候，常常会有古老高大的树木受伤甚至被台风吹倒。你瞧，眼前雕梁画栋的古宅，也曾几次易手，换过几番主人，这哪是当初建造它的人所能想象的。物事、人事皆有更迭。那天傍晚，在白兰花树下，用橄榄炭烧着凤凰山的泉水，喝着凤凰单枞。风吹过，嘴里有了单枞的回甘。

我们住的是老城，早上起来，走出巷子没几步，就看见各种小店开门了。有几样水果挂自行车上，就开卖了；几块牛肉往案板上一铺，也开卖了；几种蔬菜往地上篮子里一放，就算是卖菜铺子了；放一架缝纫机和锁眼机，就是裁缝店了。又小又旧的牛肉丸店和粿条店到处都是。老城的房子很旧，空气里有时光沉淀和停止的气息。晚上，我们走走停停，吃到了心心念念的"鱼生"和"鱼饭"。之后，心满意足，我们深夜在牌坊街步行，街上行人稀少，我们边走边聊，突然闻到了一股香气，清新又甜美。原来这里也有几棵非常高大的白兰花树啊。树上的花并不多，香气却已非常浓郁。我们抬头努力寻找，想要看见白兰花开在枝头的样子。无奈，树太高了，又是夜里，根本看不到花。好像和喜欢的人在一样，你不用看见他，仅仅凭周遭的气息，你就知道他在场，便觉得一切皆好。在静夜里，抬头，深呼吸再深呼吸，夜的气息好甜。

潮州的白兰花树，真多啊。

然而，真正让我们震撼的，还没出现呢。

白天，我们步行，走街串巷，这是我们最喜爱的旅行方式，用自己的脚步感受一座城。那天，我们走在了一条美丽的街上。那条街的尽头，就是西湖。是的，西湖。天下西湖三十六，这是潮州的西湖。

大约有两公里长吧，街的两边种满了白兰花树。林自小在南方的福州城里长大，他都没见过用白兰花树作行道树的，确实惊艳。

是的，清一色，全是白兰花树，都有三四层楼高，从没见过这么多这样高的白兰花树。风姿绰约又清香阵阵。有一些树上已经有白兰花开了，夏日香花已经盛开，香气袭人。每一步都惊心，像是曾经有过的梦境。

走过白兰花街，就看见西湖的一池春水了。潮州的西湖是个狭长的湖。西湖边，全是高大强壮、英气勃勃的香樟，这些香樟均在百岁以上，树身上长满寄生的蕨类，作为香樟，它们正值盛年。

太喜欢这两条古老的街了。因为白兰花和香樟。

记忆中的潮州，被白兰花这夏日香花熏得香气迷人。

其实，白兰花是我们从小就会见到的花朵。小时候，每到夏天，就会有拎着竹篮的老妇人，沿街叫卖"栀子花——白兰花——"，这些花朵被细心地罩在潮湿的白纱布下，而白兰花常常在花梗处被细细的铅丝串起。记得，妈妈夏天常把白兰花别在衬衫胸口的纽扣上，走动时，若有若无的香气飘来飘去。等白兰花枯萎了，变成褐色的细长花瓣依然有香气，我就会向妈妈要来它，把它夹在书里。枯萎的花朵，走向了另外一种生命形态，花魂却是依然暗香浮动。

今夏，白兰花，才刚刚开始开放，它会悠悠地开满整个夏季。爱一朵花，何必问它开多久呢？宠它，爱它，就让它由着性子慢慢开吧。

菖　蒲

今天一早，我就站在院子里看菖蒲了。昨天，我刚帮它们都理过发。其实，我就是想看它们顶着新发型站在春日晨光里的样子。不知它们对自己的新模样儿是否满意。当然，它们什么也没说。

这两天，颇有些春风浩荡的意思。昨天下午，风很大，我站在香樟树下为菖蒲理发。二十来盆呢，一盆盆剪过去，是很费时费力的。

一提起菖蒲，很多人会误以为是唐菖蒲，那是鸢尾科的，长在水边的美丽花儿。而我说的菖蒲，是过去在中国文人案头常能看到的清供，一种细细小小的、苍翠可爱的草，人们也把它叫作"文人草"，天南星科，多年生，叶子有香气。几年下来，林舍的菖蒲长得不错，好多貌似爆盆。于是，我一盆盆端起，沿着盆沿，刀起草落，地上很快积起细细碎碎一层绿草叶儿。

　　一边剪着菖蒲，一边发现天色忽明忽暗。这时，我明白了"风云际会"的意思。一会儿，春风拂面，明晃晃的光线从香樟树的枝叶间倾泻下来，让人感叹春光明媚；一会儿，飘过一大片云彩，天色突然就暗了下来。我正抬头看天呢，却又是阳光满眼。春天的天气，是孩儿的脸，说变就变。春天里，风和云的相逢，原来竟是这样的！风吹过，不时有翠绿结实的香樟树籽落在我身上，让我心里生出好多欢喜。

　　菖蒲有好几个品种，林舍的菖蒲，也就是最常见的品种：虎须、金钱、黄金姬和贵船台。金钱和贵船台呢，我把它剪成半球形。很快，它们的新叶就长出来，参差不齐但错落有致，很养眼。虎须呢，端起来一盆盆沿根剪短。喵星人龇开胡须、虚张声势的样子，就是我手里虎须菖蒲的样子。剪短了，它的模样儿一下子就变得温顺起来。新长出来的叶子，会变细且会变密。

　　为什么菖蒲要剪呢？因为菖蒲的审美标准很文艺，"短、细、密"才美。只有剪了，叶子才会又短又细又密。什么时候剪呢？很多人说，春夏之交。剪到什么样呢？很多人说，离根一厘米。

　　当然，这只是很多人说的。前几年，我也是这么做的。效果真的很明显，只是，我的菖蒲越长越密了。太密，就会不透风就容易生病。

　　上周，去了花市，是今年第一回。虽然大疫之后刚刚解禁，春天的花市，依然有很多爱花之人。花市，真正是一个让人感叹生之美好的地方。新结识了一个卖菖蒲的店家，他建议：如果你的菖蒲长得又壮又密，初春和春夏之交，各修剪一次。

　　于是，林舍菖蒲才提前享受了今年的第一次理发。

一盆盆菖蒲，有的长在土里，有的长在石头上。看着它们，会觉得从一座山到了另一座山，从一片林子到了另一片林子。有的颜色鲜嫩浅碧，有的墨绿苍翠。有的样子儒雅书卷气，有的十分霸气外露。

掐上一片菖蒲的叶子，放在掌心里揉搓，然后伸手放在鼻子下，你会一口接一口贪婪地吸气：有兰花香，有薄荷草香，有种幽幽难散的香气。绝不浓烈，那种淡却不易消散。

菖蒲是喜阴植物，最好放置在树下荫凉处。它喜欢享受散射光，又喜欢享受露水的滋润，还喜欢和风儿游戏。你瞧，多文艺的个性哪！

要长成理想中菖蒲的样子，没得任何办法，只能天天照看，然后等待。明代高濂的《遵生八笺》是一部奇书，书里说："欲其苗苍翠蕃衍，非岁月不可。"菖蒲最让人爱的一点，便是"非岁月不可"。

你觉得菖蒲只是一种草，百无一用。古人却称菖蒲为"清具"，说它很是实用。文人把它放在案头，可以怡养倦眼，夜间看书，不被火烛的烟熏坏眼睛。

你觉得菖蒲只是一种草，它却有自己的生日。古人把农历四月十四定为菖蒲的生日，"四月十四，菖蒲生日，修剪根叶，积海水以滋养之，则青翠易生，尤堪清目"。其实，以往每年，我都是菖蒲生日这天，为它理发，理成板寸头。然后，看它一天天长得风姿绰约，长得碧绿欲滴。

你觉得菖蒲只是一种草，但它的开花能让两个宋代文人一唱一和。没错，就是苏轼、苏辙兄弟。苏辙蓄有一盆菖蒲多年，忽开花八九多，难得一见，人皆称祥瑞。苏辙写诗吟咏：世说华开难值偶，天将寿考报勤劬。苏轼立即写诗唱和：无鼻何由识蔷卜，有花今始信菖蒲。大文豪兄弟唱和，只为菖蒲开花。

你觉得菖蒲只是一种草，画家金农，就是号称"扬州八怪"之一的奇人，他为它过生日，为它娶妻。菖蒲的生日那天，金农为菖蒲画像，庆祝生日。这还没完，又亲自做媒：南山之下石家女，与郎作合好眉妩。表达了这一层意思，还没完。菖蒲生日的第二天，金农又在这幅画的左侧，增加了一首诗的题款，这次是以菖蒲的口吻写的，作为之前那首诗的回应。他说：此生不爱结新婚，乱发蓬头老瓦盆。莫道无人充供养，眼前香草是儿孙。菖蒲于金农，是自喻，是知己。

苏东坡说菖蒲"忍寒苦，安淡泊，伍清泉，侣白石"，这四句话被作为菖蒲精神的总纲。千百年来，历代文人正是照此修行的呢。

你还能说，菖蒲只是一种草吗？

菖蒲，与兰、菊、水仙并称"花草四雅"，一直都是画家们笔下乐于描绘的植物。郑板桥、金农、吴昌硕、齐白石等都常以菖蒲为题作画，特别是充满文人气的"岁朝清供"图中菖蒲常常不可少。

其实，正是通过欣赏菖蒲画，我才开始学会在种植菖蒲的过程中，如何选材、配石、配盆等知识技能。一张张古画，就是一个个活生生的教材呀。明代《玩蒲图》局部，画中有很清雅的松桩、菖蒲盆栽。名士高古，童子萌萌，松荫溪畔，赏玩菖蒲。若着一袭长衫，站在一张旧桌子前，桌子上放盆菖蒲，这样的场景便是一张古画了。

其实，菖蒲的气质，和江南最搭。

大理的植物

苍山洱海，上天眷顾的地方，也是植物的天堂。一朵艳阳下的花，一株风中摇曳的树，都能让我心动。它们是什么时候来大理的？因何而来？

第一次来大理，初见了几种从没见过的植物。如同人生的某些初见，虽不相知却相惜。也许擦肩而过，再无回眸一瞥；纵使再相见，彼时已不是此时。因为珍惜，所以记录。

曼陀罗。在大理的第一个早晨，那天大雨，天黑沉沉的，古城老街的"猫猫瓦舍"开着灯，显得特别温馨。忍不住走了进去，小院子一角有棵开满白花的树，树形不大，枝叶妖娆，花朵悬挂着，在雨中散发出一种甜美又妩媚的香气。问了老板娘，说是"曼陀罗"。呀，大名鼎鼎的曼陀罗，早已知道你的名字，却是今生初见！看到我惊喜的样子，老板娘只淡淡地说："大理很多的，各种颜色，一年要开半年花。"曼陀罗，是一种非常有禅意的花朵。相传，西方极乐世界有一种花不分昼夜地从天上落下，满地清香，这种花就是曼陀罗。我仔细看了它的花朵，确实无蕊，佛教里认为它象征着无心、空心的境界。白色曼陀罗是佛教里的灵洁圣物，花朵又白又软，形如大号的喇叭花。见我不停地围着曼陀罗，在伞下一会儿摸叶一会儿闻花，老板娘丢过来一句："有毒的哦。"的确，《本草纲目》里早已留下了对曼陀罗的记载："辛，温，有毒"。华佗著名的"麻沸散"主要成分就是它。曼陀罗属于亚热带或热带植物，在江南无法越冬，难怪少见的。认识你了，曼陀罗！

　　树番茄。离大理古城不到十公里的地方，有一个古村落凤阳邑，茶马古道从村里穿越而过。这个村庄的房子大多用石头垒成，相当破败，绝大多数废弃无人居住，一处处弃屋让人感慨村庄在消失。突然，眼前一亮，一处锁着的弃屋前，门口一株树长得非常秀丽，上面结满鸡蛋大小、红红绿绿的果实。这是什么树呢？从没见过。就在这时，一对夫妻出现了，这是我们在凤阳邑第一次看见游客。男的背着照相机长枪短炮相当专业，女的穿着白裙十分知性，他们也围着这棵树转。她摘下已经红了的果子，对我说："这是树番茄。我们家他爱吃。"哦，怎么吃？长在树上的番茄还是第一次见。我们立刻聊了起来，她说："我们是本地人。树番茄剁碎，加鱼腥草、折耳根，凉拌，加辣椒，又酸又辣，好吃。当然，也可以炒鸡蛋或者做蛋汤。"回去问了度娘，树番茄，主要生长在云南贵州一带。很心疼这棵美丽的树，想当年，这幢石屋的主人种下它时，是满怀对美好生活希望的吧。这棵树旁，或许会有主妇的美丽身影和孩子们的欢声笑语。如今，人去屋空，树也被遗忘了。树犹如此，人何以堪？

尤加利。那天环游洱海，到了一个海湾，洱海有蓝天白云倒映，有黛色苍山护祐，真正如梦似幻。有好几对年轻人在拍婚纱照，就在我们走近这片"爱情海"时，无意中看到一株尤加利。在海边，它伟岸的身姿是如此孤傲，走近它，清新又清凉的樟脑气息扑面而来。我是见过尤加利的，那是在澳大利亚，很多考拉躲在树上憨头憨脑地在嚼尤加利的叶子。尤加利被澳大利亚人认为是老天的恩赐，一旦受伤，它的叶子捣烂敷伤口就可以起到清凉、止痛、抗菌的作用。在国内，我们叫它桉树。虽说从来没见过桉树，但"光明牌"桉叶糖，我从小就爱吃。小时候常常参加演出，带着桉叶糖清嗓；后来，考试时也常备，因为它能抚慰我紧张的心情。从某宝上淘过尤加利干枝，上面结着尤加利果，买来是插花用的。因为尤加利叶片泛着低调的灰，和任何花朵搭配，都能不抢风头，显得格外雅致。其实，有些人就是人群中的尤加利，他们低调内敛，和他们相处，你如沐春风，变成了更好的自己。初见中国桉树，以后我会想念你的。

每个地方都有自己的风土，每种植物也都有自己最适合生长的地方。若相惜，何必执手问年华？若再见，皆大欢喜，于意云何？

冬日花朵

都说，冬天是没有什么花开的。

孔子在《论语》里说：岁寒，然后知松柏之后凋也。寒冬腊月，松柏苍翠挺立，已经很是让人欣慰了。

郭熙在《林泉高致》里感叹：冬山惨淡而如睡。冬天，仿佛就是没有色彩的，萧肃寂静之中，大地、山峦都在睡梦里。

其实，冬天是有花的。

冬天的花，开在神话故事里。

《镜花缘》里，女皇武则天便在寒冬腊月给百花下了一道圣旨："明朝游上苑，火速报春知，花须连夜发，莫待晓风催。"剩下的事情大家都知道了，第二天一早，各处群花大放，真是锦绣乾坤、花花世界。当然，也有不听话的花朵，比如牡丹，后来被贬到洛阳去了。

冬天的花，开在古人的笔墨里。

古人总是有办法的。他们研墨、染脂绘制"九九消寒图"。从冬至这天起，画一枝素梅，枝上画梅花九朵，每朵梅花九个花瓣，共八十一瓣，每朵花代表一个"九"，每瓣代表一天，每过一天就用胭脂染上一瓣。九尽春来。就这样，一树梅花，完美地穿越了整个冬季。

九九消寒，农业文明里的诗意。

冬天的花，开在你的目光里。

寒冬里最美的花朵，当数蜡梅。

当下，蜡梅正在开着。蜡梅非梅，却得梅之美，暗香疏影，美得生动。蜡梅先花后叶，此时并无叶子，然而蜡梅在花期快要结束的时候，就会开始结果了。花、果同现枝条之上，却不见一叶，实是一景。

见过最美的蜡梅，是在随园。树形不高却很大，树枝嘈嘈切切错杂，开花便是杂树生花。雪中蜡梅更是美得出奇。去年落雪过后，我便踏雪去随园看它。枝头堆雪，花朵藏在雪中，香气却满溢了出来，此时的蜡梅香气，是饱含生命力的体香，清冷、喜悦又有劲道。

冬天的花，开在你的目光里。

结香，黄色花朵，馥郁芬芳，一股山野气息。现在的结香，叶子落尽，花序刚刚露出。

同样先花后叶，枝条柔韧得可以任意打结而不会折断。据说，如果人在夜晚做了梦，早上在结香树上打个结，是好梦就可以实现，是噩梦就可以化解。好个结香，温柔亦强悍，谦卑亦神奇。

见过最大最美的结香，是在灵谷寺。应该是前年冬天，去灵谷寺看雪。远远看到，光秃秃的枝条，还以为是紫薇，却更瘦削；走近，花蕾满枝，原来是结香。结香，香气很浓很野性。

冬天的花，开在你的劳作里。

兰花。家里的一盆墨兰花开正旺。去年十二月中旬，照例将兰花搬入室内过冬。没过几天，吃惊地发现，一盆墨兰抽箭九枝。又粗又壮，颜色紫得发黑。这分明是微型竹笋呀！又过去半月，紫黑的花箭纷纷抽穗，样子像极了麦穗，饱满又热情。全然不似印象中的兰花柔弱纤细。最近，墨兰一串串地开花了，走近了，便能闻到淡淡的香。养了三年的这盆墨兰，开花一年比一年多。总是在春节前后，带香而来。

母亲见了很吃惊，问我为什么你的兰花开得又香、又多、又大又壮实。没啥呀，我总是这么回答她。兰花不需溺爱，半个月浇一次水，然后夏季好好为它施肥补阳气，平时注意放在通风和阳光散射处，它就一定会长得壮壮的、乖乖开花的。我的十来盆兰花，小名全叫"壮壮"。

好吧，以上这些，就是冬日里最常见的花朵。其实也还有呢，比如枇杷、水仙、瑞香、茶梅等。

寒来暑往，秋收冬藏。的确，冬天的花朵真的是不多见的。绝大多数的花朵，都在积蓄力量以待来年。路遥在《平凡的世界》里这样写道：大地是不会衰老的，冬天只是它的一个宁静的梦；它将会在温暖的春风中苏醒过来，使自己再一次年轻。

所以，一月，我们的任务是，好好过冬。

冬天，植物在干什么

　　早晨，阳光灿烂，空气清冷，和林舍主人一起，为金橘树松绑。可怜的金橘树已经裹在保温塑料袋里快一个月了。草绳解开的那一瞬，好久不见天日的金橘树，"哗啦"一下展开了身姿，枝干一下子舒展开来。叶片掉了不少，树上好多小金橘果子也枯萎了，落了一地。林舍主人拨弄着金橘树身上的枝枝丫丫，眼里满是心疼。但是，金橘树活得好好的呢！成功越冬啦！这么一想，应该是十分欣慰才对。

　　今天，已经是一月末了。时间真快，还有三天，就要立春了。

　　今年的冬天，经历了江南少见的极寒天气。出现在一月的"小寒"节气，果然如民俗所说，这是一年中最冷的时候。就在小寒时节，家门口的小河结冰了，而且冰层很厚实，扔个石块不但不能破冰而且会在冰面上哧溜滑出好远。不知从哪里来的三只野鸭子，排着队，急匆匆地从冰上走过，它们细脚伶仃的模样又滑稽又可爱。它们真的是在"走"，大多数时候，我们见到的鸭子，都是在河里慢悠悠地游泳的。它们走得这么急切，天寒地冻，我就奇怪它们是要往哪里去呢？转眼，就见它们钻入了小河岸边的芦苇丛中。

院子里装满水的几个石缸，也都结冰了。看到缸的中间，冰都仿佛挤得要拱突出来。林舍主人对我讲了体积啊、膨胀啊之类的道理，理科男就是这样儿，逮着机会就想科普。有意思的是，石头鱼缸里仍然可以看到红色的小金鱼在冰层下游动。另外有一个圆形的石缸，样子像个井栏，家里的狗狗经常在那喝水。那天，妹妹照常去喝水，舌头在厚厚的冰上舔了好一会儿，还是没有喝到水，它不明白发生了什么，迷茫之中，把爪子伸到了冰上，仿佛想要凿开冰层，最后它还是失望地离去。在妹妹两年多的"狗生"里，还从没遇到过"结冰"这回事呢。看到这一幕，我们都笑了。

上次天气极寒，还是在2015年。那年，我们的香橼树有半边枝条冻死，只得忍痛割去。当时的香橼树仿佛独臂侠一般，孤独地挺立在院子里。好在，植物的生命是很顽强的。经历五年时间，香橼树重新长得高大、身姿丰满。后来听说，原来那年的大雪，南京有很多金橘、柠檬树都被冻死或冻伤。就是那次经历，让我明白，芸香科的植物，比如香橼、金橘、柑橘、柠檬、佛手等，在持续零下的天气就会有生命危险。

吃一堑，长一智。今年，元旦过后、小寒之前，我们就为金橘和香橼树采取了保护措施。透过落地窗，看着院子里阳光下神采奕奕的金橘树，深绿色的叶片油亮亮的，我知道它又成功经历了一次考验。而香橼树呢，树形高大，只能在树干部分裹上层层布条，希望能为它保温和保湿。今年的极寒天气持续了有近十天，香橼树上黄澄澄的果实全部掉转枝头，落了一地，高高的枝头上叶片也冻伤不少。我们都为它揪心。好在，天气一天天变暖，香橼树才一天天好了起来。植物总是让我感动，为生命，为成长。

植物就是这样，只要它还活着，就每年都做同样的事，它从来都是在冬天孕育生命，在春天醒来开始新一轮的成长。

冬天，植物在做什么呢？

你说，它躺在泥土里冬眠，等待苏醒。还有呢？开花。

在冬日里，你见过什么花呢？什么花最能代表冬日花朵？

蜡梅，它是我心目中排在第一位的冬日花朵。常有朋友问，这花到底叫蜡梅还是腊梅呢？——蜡梅。出自《本草纲目》："此物本非梅类，因其与梅同时，香又相近，色似蜜蜡，故得此名。"

蜡梅，真正是老天赏给中国人的冬季恩物。居民小区，街头巷尾，随处可见。林舍有一株蜡梅，并不大，细细的树干上长满疙瘩。

老外管蜡梅叫 wintersweet，冬天的甜蜜，深得其香气的神韵。但是，蜡梅的香气有着丰富的层次，不仅是甜，香甜中还略带清凛与苦冽，若隐若现。前不久的一个雨夜，和林舍主人一起，开窗闻香，是今年关于蜡梅的美好记忆。剪下一枝开花的蜡梅枝，再剪下一枝结着红果子的南天竹，就是一幅自制的"岁朝清供"图了。

非岁月不可

香橼的香气，很特别。清新中略带甜蜜，略带酸涩，仿佛还有那么点儿苦味儿。虽然果实不能吃，但我们喜欢它干净又清冽的香气。

林舍有一棵香橼树。今年，香橼果实结得特别多，黄澄澄地挂在树上，大约有四五十个。摘下十来个，装了满满一筐子，香气在温暖的室内弥漫开来。

因为失而复得，我们格外珍惜。这棵香橼树已有三四年没结出果实。大约是在2015年吧，漫天大雪及雪后的持续低温，雪中的这棵香橼树冻死了大约半边的树枝。只能无奈锯去，心中暗暗渴盼它"断臂重生"。一年又一年，它终于从主干上慢慢生出细枝，样子仿佛断臂的维纳斯。

感恩岁月的加持。今年春天，它的枝干重新变得匀称、健壮并且生机勃勃，开出了一树茂密且香气浓郁的白色繁花。于是，就在今年冬天，我们收获了一树金黄。

香橼树在岁月里疗伤、修复自己，这是一棵树的修习。

有些伤痛，非岁月不可治愈。

人到中年，才知草木有趣。在人生的长长的河流里，我们向动物学习竞争和迁徙，向植物学习隐忍和安定。谁又不是呢？生而为人，归路和来路，其实总是和动植物一样的。始于尘土，归于尘土。

香樟是很平凡的树种，常常安静地列于街道两旁充当行道树。林舍的香樟也很平常，但在它粗壮的树身上，就在枝干分叉的地方，长满了厚厚的青苔，密密地、沉稳地向树枝上蔓延。阳光透过繁茂的枝叶，斑驳其间，青苔绿得安静而有力量。常常有数十只野鸽子在树枝间飞来飞去。想当年，香樟新种，为了存活，只留下光秃秃的树干，枝干全部剪去。那时的香樟树，仿佛一个长着光秃秃脑袋的小小少年，什么时候才能长成大树啊？仿佛期待自家孩子的成长一样，我们看着香樟一天天地长出新叶。

而今的香樟长成一树浓荫，更有青苔加身，真是一段光阴的故事。青苔的生成，要刚刚好的光照、刚刚好的尘土、刚刚好的湿度，还需要它们三者在时间里因缘际会。

有些收获，非岁月不可馈赠。

三年前吧，在京都看过菖蒲，回来就开始去花市各种搜罗。文人草，案头清供，宗师级的菖蒲玩家苏轼，为菖蒲过生日的画家金农，就是这些关键词，让我迷上了植蒲。常常一根根拔出菖蒲里的黄叶，仔细清洁菖蒲的盆中杂草与石上青苔，我喜欢闻手指上菖蒲的气味，那是一种特别清爽又坚硬、刚直的香气。常常有朋友问我的菖蒲为什么长这么好，其实无非就是每天浇水，搬进搬出，再加"端午剃头"。秘诀嘛，没任何办法，就是日复一日、年复一年这么做。

高濂在《遵生八笺》里就说到如何侍养菖蒲，他坚定地说："欲其苗苍翠藩衍，非岁月不可。"放心、安心地做好该做的，然后把一切交给时间吧。

有些成长，非岁月不可发生。

大自然，真正是滋养人哪。在与花草树木打交道的过程中，心变得越来越滋润和安静了。常常是晚上，我们喜欢提灯在小院里来回探看，有时候是因为突然惦记一棵树、一朵花的长势，有时候就是因为想看看小院夜晚的模样。冬至那天晚上，突然就想看看乌桕树上的喜鹊窝还在不在。乌桕树的树叶落尽，黑色的枝上缀着白色果实，在深蓝色的夜幕下分外美丽。冬天的乌桕树，删繁就简，仿佛水落石出。一望而知，喜鹊窝不在了。树枝上干净得好像从来没有过喜鹊筑巢的痕迹。可是，前些日子，我还见到一对喜鹊在树间打闹的呀。去年冬天，喜鹊在大雪中衔枝筑巢的情景，也仿佛就还在眼前。心里不免有些遗憾。

开始想岁月里来来去去的人和事。岁月里有些人，只陪我们一程，然后便不同路了；有些事，只是为我们打开一扇窗，然后便成了过往。岁月会自动清理人际通讯录，总有一些路过的人会淡出你的朋友圈。不如接受所有发生，要舍得，要感恩与宽悯。

有些失去，非岁月不可接纳。

记得书法老师说，两个笔画间看不见的勾连，或是那么隐约可见的牵丝连带，在书法中也很重要的。那些未曾落在白纸上的黑色笔画，它们是在空中行走的，看不见，却有迹可循。过去和现在，便是这样两个笔画的关系。

构　树

　　你未看此花时，此花与汝同归于寂；你来看此花时，则此花颜色一时明白起来。

　　王阳明说的，便是今夏的构树与我。

　　今夏的一个傍晚，刚出地铁站口，天上乌云滚滚，空气潮湿闷热。地上有好几个鲜红色的果子，仿佛杨梅。抬头一看，树上还挂着好些红果子，树叶形状像桑树叶。问了"形色君"，方知是构树，果实俗称"假杨梅"。

　　据说，只要有太阳和土壤的地方，就可以看到构树。这种中国古老的原生树种，非常泼辣，田头、石缝、墙隙，见风就长。构树，又称楮树，最古老的造纸原料，"纸号楮先生"。楮先生制成的纸坚韧质硬，后来被更加绵柔的宣纸取代。以柔克刚，历来如此，古训哪。

　　构树的果子，俗称"假杨梅"，又叫楮桃，据说挺甜。

第一次知道构树，非常欣喜，记在了朋友圈里备忘。子语留言:《山海经》里记载了这种树。心头一阵欢喜，马上问了"度娘"，原来是说，在招摇山上，长着一种树，形状像构树，开的花能发光，把它佩戴在身上就不会迷路。它的名字叫迷毂，听起来很浪漫很神奇，就是不知道是不是构树了。

认识了构树之后，走哪里都能看到，满眼都是构树野性的身影。最近两天，在公司旁边的汉口路，一个老小区的院墙外，几棵高大的构树探出树身，红红的果子点缀其中。树下的店叫"涵洁地锅"。当年，这曾是我喜欢的小饭馆之一。记得林舍主人第一次在下班后被我拉到这里时，他才是四十多岁的年纪，穿着白衬衫，还带着公文包，在局促狭小的饭馆子里手足无措。看得我直想笑。后来的他，能在各类小饭馆、小铺子乃至苍蝇馆子里谈笑风生、吃喝自如，我的功劳相当大。

那时候，构树一定已经长在这里，它看见了曾经的我们。只是，当时，我并不认识构树。

当然，即使认识一棵树，也是需要机缘的。

失敬，植物先生

　　院子里的芭蕉，高大的枝叶全被砍了，剩下半米高的枝干，用塑料薄膜密匝匝地包了起来，仿佛几个矮木桩竖在那儿。

　　明天就是冬至节气。要开始数九了。

　　对于南京而言，2020年的第一场雪，来得有点儿早，着实让人没有防备。就在上个周末，雪不大，第二天几乎没有留痕。下雪的前一天，院子里的芭蕉还舒展着巨大的绿叶，在风中摇摆。最高的那棵芭蕉，比两层楼还高出不少，顶部的几片绿叶间开了芭蕉花，还结了一串芭蕉。天气一天天转凉，眼见着芭蕉花从金黄色变成了黄褐色，眼见着那串碧绿的芭蕉果实开始发黑。那天，芭蕉花落了一片花瓣在地上，样子很像荷花的花瓣。抬头，就能看见芭蕉花因为花瓣掉落而露出的长长的红褐色花蕊。看了又看，还是没舍得将芭蕉树砍下。

　　每年砍芭蕉树的时候，我都有种说不出的担心。会不会明年长不出来呢？能不能还长得像今年这么高大呢？来年的长势，总是证明我的担心是多余的。这些年来，芭蕉树不停在它的周围生出芭蕉宝宝，已经挖掉好多送人了。

按说，往年，我们都是在大雪节气的时候，砍下芭蕉树的。今年，晚了快半个月。

就这样，我见到了雪中芭蕉。

芭蕉，是中式庭院的常见植物。屋角补芭蕉，阶前列梧桐，阶下书带草，是陈从周在《说园》里反复提及的植物安排。

我最喜欢韩愈那句"升堂坐阶新雨足，芭蕉叶大栀子肥"，夏季的植物，生命丰盈与饱满，让人生出了对生活的满足感。第一次喜欢上芭蕉，是在一次旅行途中。有一年夏季，和林舍主人一起去杭州，入住的旅馆，有个中庭，在拐角处种植着一棵芭蕉，叶子把绿意和荫凉带到了二层楼高的地方。疏疏朗朗，清凉自在。芭蕉树下面挂着牌子，写着"旅人蕉"。这个如画一般的场景，带着一股透亮的清凉之意一直留在了我的心里。

这几年，开始学国画。仿佛世界对我又打开了一扇窗，很多美好的事物扑面而来。国画里的芭蕉故事太多了。唐代诗人王维有一幅画，是中国绘画史里争论极多的一幅画，他在大雪里画了一株翠绿芭蕉。大雪是北方才有的，芭蕉是南方热带植物，"一棵芭蕉如何能在大雪里不死呢？"这就是历来画论所争执的重心。于是，人们说《雪中芭蕉》是一帧以禅法入画的艺术作品。

一千多年过去了，我竟然看到了王维画里的情景。王维呀，我想知道：当年，你是真的看到了"雪中芭蕉"还是仅仅是艺术创作呢？你可知千年来多少人为之争论不休！

　　这是今年的意外收获。有意思。明年，是不是可以试试像怀素一样，在芭蕉叶上练字，或者用芭蕉叶布个茶席呢？要记得试试。

　　院子里的羽毛枫，树形很美，矮矮的树干，柔韧的枝条向四面伸展，形成伞状。它的叶片很轻薄，一片片层层叠叠。特别是初春，经过一个冬天的蓄势，新发的枫叶嫩黄鲜绿，在春天的阳光下发光，像极了鸟儿油亮亮的羽毛。

　　往年，刚刚入冬，我就会将羽毛枫的树叶一片片撸下，它细致柔软的长长枝条便显露出来。戴上手套，弯腰钻进树下，在羽毛枫细密枝条形成的大伞下，一片片撸着树叶。我很爱这样的时刻，时不时抬头看天光云影，感受日光的变化。然后，红红的叶子掉落在深绿浅绿黄绿交杂的草地上，厚厚的一层，也会形成一个圆形，色彩好似油画一般的斑斓与厚重。

　　今年，我的撸叶行动也晚了十天左右。可是，植物自有它的生命律动，它在随季节不停地变换着。那天，我只是轻轻摇晃树枝，已经干枯的枫叶纷纷掉离枝头。于是，往年需要个把小时的劳动，今年只几分钟就完成了。

　　那么，明年我应该怎么做呢？让我再想想。

　　兰花入地种到了篱笆边上，朱顶红也已全部入地，所有的菖蒲打算多年来第一次室外过冬。所有的树木都进行了重剪，很多长得很壮的大枝也已剪去。

　　失敬，失敬，植物先生！

　　明天就进入数九寒冬了。褪去红花，褪去绿叶，只剩枝干凛然。这就是冬季应有的姿态。

　　四季轮回。生活是在一次次轮回和重复中发展。每年都如此，但我们常常没有在意眼前，总是期盼着新鲜的不曾发生过的事。我想，在轮回里，过新鲜的生活吧。

　　万物冬藏。宜谦卑。

树犹如此

中午，南京林业大学。秋天的阳光成熟平静，郊外的大学校园有种油画般的诗意。没有风，树很安静，只听见鸟儿在枝头唱歌的声音。来来往往的人并不多，能听得见踩在落叶上的沙沙声。

专门为寻访一种树而来。一种秋天的树。名字叫鹅掌楸。

春天的时候，来过这里。那次是为了看花，看樱花。也是在中午。记忆中，那是一个春光明媚、人声鼎沸的中午。看来，人人爱春光，人人亦爱樱花。就是那天，我却有一个意外的惊喜，发现这里有一条路，路的两边种满了高大壮硕、英气逼人的鹅掌楸。"哎呀，好美！"不知道列队而立的鹅掌楸们，有没有听到我从心里发出的一声惊叹。鹅掌楸，有个别名，又叫马褂木。"秋天的时候，再来看你们穿着黄马褂的样子！"我这样想着，与它们有了约定。

秋天的时候，鹅掌楸的黄色树叶最有意思，既有马褂的下摆，还有仿佛马褂伸出的两只长袖子，看上去十足就是皇上御赐的"黄马褂"。秋阳暖暖，在蓝色的天空映衬之下，一棵挂满"黄马褂"的鹅掌楸，实在是颇具中国意象的树了。

这片鹅掌楸的叶子，像极了一件黄马褂。

鹅掌楸的花，留意过的人应该不会太多，花朵常常隐藏在绿叶中，又因为树身太高大了，你根本看不到花开在高枝上的样子。我曾经细细地观察过，它在春天开出的花朵长得仿佛与郁金香一个模样，淡绿色的花瓣包裹着鲜艳的黄色花蕊，花蕊长长地伸出花瓣之外，看上去鲜嫩、娇憨又清纯，难怪外国人喜欢把咱们的鹅掌楸叫作"中国郁金香树"。然而，由于先天的遗传因素，美丽的中国鹅掌楸呀，就像一个先天不足的孩子一般，需要拯救。南京林业大学的叶培忠教授，经过多年研究，获得了品质优良的鹅掌楸新树种。南京林业大学的鹅掌楸，就是最早一批新生的婴儿，如今也已经是快六十岁的年纪了。

秋天的树，是安静和寂寞的。只有干爽的秋风和即将过冬的鸟儿，陪伴着它们。古人赞叹魏晋风度的代表人物、竹林七贤之一的嵇康："萧萧肃肃，爽朗清举"。一见鹅掌楸，我想到的，就是这八个风雅的中国方块字。

鹅掌楸，你最"中国"。

秋天里，还有一种颜值超高的树，栾树。

栾树是热情的，也是热闹的，夏末秋初早早就开了花。它的花朵，好像变魔术般不断换着新装，黄了又白，白了又红。花朵长在高高的树顶，仿佛一串串铜钱，又像一串串灯笼，你却看不清也拿不到，因为它长得太高，除非你将它摇落在地上。所以呢，人们又把栾树叫作"摇钱树""金雨树""灯笼树"。曾经在树下，捡拾栾树的花朵，揭开它纸一样枯干的果皮，里面有两三个果实，淡黄色，像近几年流行起来的北方水果"菇凉"。

栾树的花朵会变魔术，夏秋冬，不停变换颜色。

栾树的树身高大笔直，树形也是十分硬朗帅气。王菲的初恋男友，就是一个叫"栾树"的北方小伙子。九十年代初，加入黑豹乐队后担任键盘手。什么样的人，会给自己取名"栾树"？应该非常自信，又非常骄傲。他从铜管乐到小提琴皆有建树，还十分精通马术，既是音乐绅士又是歌坛斗士，同时还是骑士。后来，这个人从我们的视线中淡出了。

哈哈，扯远了。我倒是觉得，这个给自己取名叫作"栾树"的小伙子，和栾树具有很多共同的品质，也许真跟栾树有渊源呢。

秋天，栾树开花，色彩艳丽，一树繁花，十分热闹；冬天，栾树枯萎的果实一颗颗从枝头悄然掉落，安静坦荡。金庸笔下，有种人生，叫作"大闹一场，悄然离去"。对于一个人来说，是那些年轻时特别渴望拥有的锋芒与气势，到老来尽数化为内心深处的无声黑白电影；对于一棵树来说，开过繁花，亦结过硕果，足矣，便可以暂时离场了。

还有一种树，它在秋天美得不可方物，能为秋天代言，名字叫乌桕。最初知道乌桕树，是在鲁迅的小说里，好几篇鲁迅的小说里写到了乌桕树。绍兴呢，是个有乌篷船、乌毡帽的地方，还有乌桕树。后来才知道，《本草纲目》里说：乌桕，乌喜食其子，故以名之。

乌桕树，其实四季变幻着色彩。在春天，它新生的叶子是嫩嫩的黄绿色，清新又脱俗。在夏天，它枝繁叶茂，树叶是深绿色的，颜色仿佛浓得化不开。在秋天，它的树叶先是发黄，看起来像银杏；继而树叶发红，看起来像枫树。在冬天，它的叶子全部掉离枝头，树枝上点缀着一粒粒白得发亮的珍珠般的果实。它的色彩从清纯变成美艳，美了四季，应该是一棵树最好的模样。

在江浙一带的乡间，乌桕树担任着风水树的职责。据说，风水先生只消看看村里的树，便能知道，这个村子会不会出大人物。树啊，从来都是和人的命运纠缠在一起的。

秋天的南京，紫金山一带的石像路美得超出凡尘。斑斓的乌桕树、古老的石像，仿佛漂亮的女生牵手白发的先生，风姿与况味同在。

林舍种着乌桕，已有十年。它的树枝弯弯曲曲又疏疏朗朗，树形舒展又俊逸。前年，有对喜鹊在乌桕树上筑了窝，常常成双成对、飞出飞进。我们欣喜，为这对鸟儿祝福。即使冬天，它们也没有离去。下雪天，因为担心鸟儿没法觅食，林舍主人总是会在乌桕树下扫出一块空地，撒上各种杂粮。然后，我们总能看见它们翘着美丽的长尾巴在地上踱来踱去、来回啄食。乌桕树虽然不能弯腰，一定也能看清这对在它身上筑巢的鸟儿幸福的模样。

我有一个习惯，每次碰见一棵好看的树，就会跑上去，抱抱它，仰着头绕它跑上几圈，再抱抱它。我也想变成一棵树，长美丽的叶子，开美丽的花朵。被喜欢的人深情地赞美。

新叶集

法国大作家雨果写道：在某个阶段，女孩子转眼似鲜花怒放，突然变成了玫瑰花。昨天还被当作孩子，今天就令人不安了。

正如四月里，有些树只需三天便会繁花满枝。她只要六个月，就变成了美丽的姑娘。她的四月已来到。

这是雨果在《悲惨世界》里写美丽的女主角珂赛特的一段话。

在2021年的四月，我为雨果一百六十多年前的句子喝彩。看来，他对于四月的感受，便是突变的美丽、突如其来的美好。于人而言，便是芳龄二八、豆蔻年华的短暂时光。

人间四月天。人们这样形容四月的美。

谷雨已经过去快一周了。谷雨是春天的最后一个节气，很快就要立夏了。现在，正是春夏之交，每过几天，就是一轮植物长叶、开花的快速迭代。

是的，苦楝树已经开花。南朝宗懔《荆楚岁时说》，始梅花，终楝花，凡二十四番花信风。真的很准。你只要一见楝树上开了花，那就知道春天要向你告别了，而楝花便是这暮春最后的注脚。

然而，今年的四月太特别。春的脚步仿佛很迟疑，忽进忽退，一步两步三回头，仿佛走的是探戈舞步。今年春天来得早、时间长，它仿佛笑着在验证一句老话，小时候妈妈用南通话和我说过的：吃了端午粽，才把棉衣送。

所以，不急不急。

四月的朋友圈，天天是朋友们的花卉摄影大赛。为什么人们如此爱花朵呢？可以找到很多条理由。其中有一条，你不得不信：开花和结果相关。从人类进化的历史看，便是和食物相关。

没有叶，何来花，何来果？四月，正是从新绿、嫩绿、黄绿一步步走向深绿、浓绿，一直走到夏季的绿荫处。

如何能忘了一步步走向各种绿的叶子们呢？我收集了四月的新叶，且一一道来。

芭蕉叶

今年第一次为芭蕉叶拍照，是在三月十七日。那天，突然发现，芭蕉醒来了。而我呢，悬了一个冬天的心，终于放下了。每年冬天，林舍小院里的芭蕉都会被砍至四五十厘米高，再用塑料布包起来过冬的。三米多高、绿叶扶疏的芭蕉，每年总是在冬天隐身遁形。

我总是担心它长睡不醒。每年早春，拆去塑料纸，就开始眼巴巴盼着。幸亏，它至今未让我失望过。春天来了，它不仅自己发芽，而且还总是会在身边带来自己的芭蕉宝宝。所以，如果你任其生长，几年后，你会收获一片芭蕉林。芭蕉，原来有"生生不息"的意思呢，怪不得中式庭院都爱种芭蕉。屋角补芭蕉，阶前列梧桐，阶下书带草，是陈从周在《说园》里反复提及的植物安排。

新生的芭蕉卷儿，让我想起李商隐的诗句"芭蕉不展丁香结"，芭蕉不展，因为"怯春寒"。是呀，还真是春寒料峭呢。《红楼梦》是读过好多遍的，记得其中宝钗提醒宝玉写芭蕉用"绿蜡"这个典故。这个时候的芭蕉未展，笔直地竖着，仿佛蜡烛，原来真是"绿蜡"呢。

春天是迅猛的。很快，芭蕉叶子一片接一片舒展开来。再过一个月，便该是"红了樱桃、绿了芭蕉"。那时的芭蕉，是阔大的，开朗大方。《红楼梦》里聪明的探春，给自己起的别号就叫"蕉下客"，有股子淡定从容的大气。

我喜欢画蕉石。蕉，说到底，还是阴柔之美；石，阳刚之气。阴阳相生，便得"中和之美"。拿过毛笔、画过中国画的人，谁不爱画蕉石呢？

当下，正是芭蕉新绿，初长成的模样十分让人期待。我在等，等我最爱的季节，是"升堂坐阶新雨足，芭蕉叶大栀子肥"的时节。那时候，栀子花香、枇杷甜蜜、梅子黄熟、杨梅鲜美、鸭蛋流油。

昙花叶

很多花草都比人们想象的要坚强。比如我家的昙花，五年前，到家时只是长着两三片子的一年苗。放在院子里树下，没几天，夜里下了一场大雪。第二天，才发现昙花的叶子已经埋在雪下了。

不用担心，啥事没有。昙花从此开启了疯长模式。又过两年，它不负众望，开花了。现在，它的花期年年长达一个夏天，花开一批接一批，大有前赴后继之势。近几年夏天，昙花蛋汤已成林舍一款仙气袅袅的日常菜品。

昙花其实就是一棵年年花多多的仙人掌呀！然而，它最重要的生命活动，是长叶！

将昙花的一片叶子插在土里，它就会活了，一片叶子长成一株昙花，俨然一个人就是一支队伍！在昙花叶子的边缘，会长出一个红色的仿佛肉球一样的小点儿，小点儿越来越大，由红变绿，慢慢地，在一片老叶上接着生成了一片新叶。在一片叶子的边缘生出多个红点，就是以后的多个叶片，昙花植株就是这么长成的。

这个时节，昙花的植株上很多叶片边缘都长着红点点，有的已经长成了嫩叶片。万物之中，希望最美。新生的小红点，就是希望呢。

昙花，美得很神秘。因为在晚上开放，更兼花期只有几个小时，所以才有"昙花一现"这个成语。昙花第一次开放的时候，林竟然到深夜两点才睡，真正是得了东坡先生真传："只恐夜深花睡去，故烧高烛照红妆。"

天天操练的宝典《学习强国》上有这么一道题：昙花只在夜

间开放，原因是什么？正确答案是：为了避免日晒、阳光灼伤。这道题让我很不能理解，世间那么多白天开放的花儿，怎么都不怕阳光灼伤呢？不过，昙花的花朵的确非常娇嫩，在舌尖是丝绸一般的质感，也确实适合"昼伏夜出"。

话说回头，昙花的花朵，和初生的叶子一样，也是从叶子边缘萌发出来的。所以，叶子多，花朵自然也多。昙花开放的时候，白色的大大的透明花朵缀在绿叶边缘，香气扑鼻，美得让人心疼。

菖蒲叶

第一次见到菖蒲，是在大约七八年前，日本东京的一个园艺大师的花园里。他说，中国人特别爱买菖蒲，已经把日本菖蒲的价格抬得很高了。当时，我很吃惊，为什么国人会如此爱这么一种其貌不扬的小草呢？在此之前，我还从未见过菖蒲。

日子一天天过去，我对园艺的热爱与日俱增。后来，在一家经常光顾的花市小店，店主老张指着一盆菖蒲告诉我，就这小小的一盆草，当年的价格几乎是现在的十倍。我又被震撼了。

所谓的历史上曾有过的"郁金香被爆炒"的事情，大概也是如此。好在，在时间的长河里，所有事物最终都会回归价值本位，以本来面目示人。

后来，我也爱上了这种草。金钱、虎须、台蒲、有栖川、贵船台等各种品名，经常挂在嘴边。最爱这个时节的菖蒲，叶子又嫩又黄又绿，摸摸它细长的叶子再捻捻它，手上便是一股素香。我喜欢让菖蒲长在吸水石上，再将吸水石放入浅浅的水盆里。这个时节，吸水石上长满了嫩绿的苔藓，而菖蒲的长叶在风中摇曳，仿佛一棵树长在了一座山里。

最爱菖蒲的，恐怕是"扬州八怪"之一的金农，有他的画为证。他一会儿为菖蒲画画，一会儿为菖蒲娶亲，一会儿为菖蒲过生日。真是一个怪老头儿，得有多寂寞，又得有多少有趣的怪心思，才能如此与清冷的菖蒲为友。

紫薇树、紫藤、石榴树、羽毛枫等，好多的植物新生的叶片都是红色的，并且还都卷曲着身子。总是让我想起新生的小婴儿，皮肤红红的，他们也总是蜷着身体。

世间慈悲，不过如此。

阳春有脚，路过我家

　　昨天傍晚，妈妈在我们家人群里发了一张图。原来，妈妈花了一天工夫，把蝴蝶兰换好盆了。

　　春节回家，给妈妈带了两盆蝴蝶兰。妈妈信佛，于她而言，自己最爱的东西首先要供奉给佛祖。那天，看着妈妈满脸笑意，将蝴蝶兰供奉在佛前，我就知道妈妈有多爱它们。我告诉妈妈，蝴蝶兰的花朵能开两个多月。花落后，将花秆从底部剪去，将蝴蝶兰种在泡过水的苔藓里。只需简单养护，以后每年都能开花。

　　妈妈听得很认真，我知道她一定会做这件事的。八十多岁的母亲，仍然每天看书、学习、抄经，她的生活简单朴素、温暖从容。前几天，给妈妈打电话，她说：我正在逛花木市场呢。妈妈最爱的是兰花，她一定又去找寻兰花了。中国人爱用"兰心蕙质"来形容女子的美好。我想，妈妈活得干净、智慧、通透，她配得上"兰心蕙质"这四个字。

写到这里，只觉内心平和喜悦。

今天是农历二月初二，据说是天上主管云雨的龙王抬头的日子。龙王一抬头，从今往后，雨水会逐渐增多起来。而我记得，这天和理发、回娘家吃饭有关。古时候，春节是多么漫长，一个月的长假，古人真的有福啊。也许，"龙抬头"便是古老农业社会设置的一种温馨提醒：出正月啦，该回归正常生活啦！

其实，今年的春天自打惊蛰前后，就春雨绵绵不断。三月有两个节气，一是已过去的惊蛰，二是过几天要来的春分。到三月二十日，便是春分，意味着时间已从立春开始，一点一点走到春浓处。

你我都知道的，春天有手，春风便是；春天有声，春雷便是；春天有脸，当然是孩儿面啦。

我想说的是，阳春有脚。汤显祖在元曲里写：儿童竹马，阳春有脚，经过百姓人家。常常坐在玻璃房里，喝茶看书聊天，真的能看到光线在窗户的上下左右移动，仿佛长了脚一般，怪不得有个词叫"日脚"呢。终于明白，为什么印象派大师莫奈会追着日光，画上几十幅草堆。因为，日光有脚不停地走，所到之处便不同。

铁线莲的花骨朵儿毛茸茸的，真是纤毫毕现。冬季，它们的模样像极了生锈的铁丝，好像已经失去了生命迹象；春风一来，它们立即返绿，并且打起了花骨朵儿。看着一朵又一朵的花骨朵儿，让人心花怒放，"藤本皇后"的确非你莫属。

盆栽的杜鹃又是满满的一身花骨朵儿。有两盆杜鹃被林修成圆球状，每次开花的时候，远望过去，便是两个丰满的粉色花球。

它们一年两次开花，且花期达一月有余。我最爱的是，在花后，为它们仔细拮去残花，感受它们丝绸般的质地。然后，便是剪枝追肥，仿佛是对它们开出美丽花朵的犒劳。

追肥工作量最大的，便是绣球。林舍的绣球花有两种，无尽夏和魔幻月光。无尽夏呢，去年冬天刚移栽至院墙之下，今春又是施肥又是调蓝，就是期待青色砖墙下能开出一长溜蓝格莹莹的绣球花带。魔幻月光呢，还没长出一片叶子。可是，两个月之后，便会开满圆锥形白色绣球花。夜里，这些白色绣球，美得像月光，洁白静谧。

映山红，去年才从山里来到我家。有一株，我们种在了土里。它强健、壮硕，已经满树红红的花骨朵儿，只等绽放了。这该是怎样的红呢？它叫映山红呢，一定会红得动人心魄的。另外种在盆里的映山红，才刚刚露出花芽。可见，大地是植物最好的安身立命之处。

怎样才能让花儿绽放？无它，施肥而已。薄肥勤施，实际上包含着深刻的道理。一个"薄"字，表示着对植物生命的敬畏；而一个"勤"字呢，表示着人的信仰与坚持。

路遥的《平凡的世界》是大学时代百读不厌的书。书里面有这么一句话：大地是不会衰老的，冬天只是它的一个宁静的梦；它将会在温暖的春风中醒过来，使自己再一次年轻。

再一次年轻。应该是人类的终极梦想之一。大地和植物，每年都享受再一次年轻。人类，却与此无缘，一年年走向衰老。所以，年年岁岁花相似，岁岁年年人不同。

读到一篇文章，写道：大抵，热爱花草树木的人，心性都不会差。他们看见草木，像是遇见自己的故友。他们讲着草木的故事，像在讲述着自己的点点滴滴，脸上洋溢的笑意，如草木般温润而明媚。的确，人在草木间，观照了自己，也找到了属于自己的世界。

已识乾坤大，犹怜草木青。这样的人，虽然时光老去，却仿佛老茶越陈越香，仿佛老纸越旧越韧，仿佛老酒越久越醇，老来越来越安宁和澄澈了。

我觉得，那些知道自己想要什么、知道如何生活的人，才是时间的主人。

樱如雪

　　樱花是一种适合追思和怀想的花朵。四月十五日，就是日本樱花祭的最后一天了。历时一个月，早樱落下晚樱开。很快，晚樱也将谢幕了。南京，亦复如是。

　　总是这样，一不小心，我们常常就愧对了光阴。关于林舍樱花，且让我淡说浓情。

　　那个夜晚，关了灯，把黑夜还给黑夜，我们坐在窗户下喝茶。相互看不清楚对方，我们用声音彼此摸索。黑暗中，我听到我们淡淡的说话声，有一搭没一搭，仿佛是暗夜大海上的灯，忽明忽暗。然而，落地窗前的绿地上，地灯亮着，我们面对的是五棵盛放的夜樱的美丽轮廓。繁花似锦，华枝春满，天心月圆。夜色中，樱花树悄然站立，月光照着苍劲的树干，白色的花朵仿佛是枝头的堆雪。记忆是多么清晰，却又仿佛是某个似曾相识的梦境。

　　那天，是三月二十五日，与好友在林舍"樱花雅集"。狄金森有这样的诗句"灵魂选择自己的伴侣"。是的，那天来的好友，仿佛是后天的亲人。有些情感的建立，后天缔造的那些非血缘的交会，看起来是刹那相遇，其实是彼此早已为对方储存了相互匹配的灵魂吧。在樱花树下，我们合影，春风的手指温柔抚过，不时有花瓣在我们头上身上停留。

那天的清晨啊，蛙鸣鸟叫樱如雪。被树干擎着的白色花朵在蓝天的衬托下，美得炫目美得不真实。一大早，我就站在树下，屏息凝神，注视着那些花朵，怕惊扰了它们。林舍的樱花共有五棵，全都是日本早樱。我们都爱未叶先花的早樱，爱它们在赤裸的枝条上开得一心一意，开得奋不顾身的样子，仿佛初恋的少女。林舍建宅之初，河边只栽得两棵樱花，另外三棵樱花树是几年后栽下，只得丛生于另一处。有一日，有年轻而美丽的花友自外地来林舍，她们两个人在林舍指点江山，纤指一挥，评道："樱花怎能不栽于一处？"闻言，我们痛下决心，大动干戈，于前年早春，将五棵樱花全部聚集于水榭之旁。于是，樱花一年开得比一年茂盛。早春，一树繁花，当樱花树侧身为春风让路，花飞顿时如雪。花瓣静静地飞旋落下，它并不知道自己的珍贵，却美得让人心痛。

樱花七日花如雪。美得短暂而决绝。我曾在南京古鸡鸣寺旁赏樱，游人如织；也曾在南京林业大学观花，樱花下，青春笑靥如花，处处喧嚣。这些，都不是我理想中的赏樱之处。

心中喜爱的赏樱之处，也是有的。大约十年前吧，在无锡鼋头渚，见到三万棵樱花植于樱花谷，于太湖之边，屡屡临水照花，处处落英缤纷。那天雨后游园，游人稀少，樱花谷仿佛油画一般。古人云：太湖佳绝处，毕竟在鼋头。心中感慨：赏樱佳绝处，竟也在鼋头。

　　还有一处，是日本京都清水寺旁著名的哲学小道的樱花。其实，我们去的时候，并不是樱花季。傍晚时分，天上有绯红色的晚霞，小径没有行人，边上溪水潺潺，汩汩流动，樱树长得浓密而茂盛。在这宁静的傍晚，如果是樱花盛开，应该如鲁迅所写过的上野樱花"望上去确也像绯红的轻云"一般吧？此时无花，心头却花开如云蒸霞蔚。这一瞬，永远忘不了。

　　眼里有花朵，心中有欢喜。真好。

　　"我行过许多地方的桥，看过许多次数的云，喝过许多种类的酒，却只爱过一个正当最好年龄的人。"沈从文这样夸赞自己的爱人。而我，却想把这样的爱情给予林舍的樱花。《小王子》里，小王子对路边的玫瑰花说：你们很美，但你们是空虚的。也许，一个普通的过路人，以为我的那朵和你们一样。但是，它单独一朵就比你们全体更重要。因为，它是我浇灌的，它是我的玫瑰花。

　　一直在想，如何赏樱才好？花间置酒清香发，争挽长条落香雪。这是东坡《月夜与客饮酒杏花下》里的情致，花间置酒，花如香雪。月下赏樱，怕是这样，才能得樱之真味吧。东坡真是个生活美学家呢。

　　看花，也是看生死啊。看樱花，犹是。看一朵小小的樱花，初绽、盛放、凋零；飞旋、降落、成尘。不过，没有告别，人是不会那么珍惜相遇和当下的。侯孝贤曾经说过一句话：人是什么呢，人不过是个来回。是的，植物也是个来回。所以，樱花呀，让我接受你的来也接受你的回，不恋、不悔亦不叹。人与植物的相处，亦如人和人的相处，要接受它的全部。比如桃李、春风、一杯酒；又比如江湖、夜雨、十年灯。

用减法为生命储存能量

石榴还在树上，柿子也还在树上，它们的果实，每年我们只收一小部分，其余剩下的就在树上吧，正好是秋冬之际鸟儿的粮食。香橼和金橘今年似乎是大年，果实满树。在院子里走来走去，我总是随手摘一枚金橘，就吃下去了。金橘小小的，又酸又甜，是它本来该有的味道。

种花种草，花园里的劳作，我觉得自己的身心发生了一些微妙而复杂的变化。我不知道这是什么样的变化，但我为之欣喜。我只是想，面对生活的静水深流，要敬畏要珍惜；那些肆意与任性，丢了它们吧。

香樟树结果了，小小的黑色果实；紫薇结果了，花谢叶落，褐色的小果子一串又一串；乌桕结果了，白色的果实挂在树上，阳光下像珍珠般发亮。这些树马上都要剪枝，删繁就简，舍去不必要的细枝末节，为它们过冬储存能量。

人呢，是否要学习植物的智慧？我们熟谙动物的竞争和迁徙，是否也可以学习植物的删繁就简，任草木荣枯，用减法来储存生命的能量呢。

在花园里干活时，会想起一个人——列文，是《安娜·卡列尼娜》里的人物。书里有一段描写，我特别喜欢：求婚失败后，列文一个人重新回到了乡下的农庄，泥土的气息、刚割下来的青草味，抚慰了列文的心。有天晚上，他一个人躺在干草堆上，仰望满天繁星，思考自己的生活，思考需要改变的方方面面。

列文说，干草，香得像茶叶，可以把它放进嘴里嚼。这样的感受，你有过吗？

列文是知识分子，又是一个农场主。对于城市生活，对于社交场，他曾试着去习惯，去融入，最后却发现这种浮华生活背后空虚、伪善的本质，于是他放弃了城市回到农村。对于生活他有一系列的思考：究竟那些是不是我的必需？那是不是一种符合我本性的生活？列文最擅长的生活在农场，他热爱农夫的生活，种田、养牛、经营农场。

后来，列文得到了心爱的吉蒂，生活在农庄，他们并非一帆风顺，磕磕碰碰，但这就是生活本身。列文，就是海子笔下那个"喂马劈柴，关心粮食和蔬菜"的人。直面琐碎的日常，其实是需要勇气的。只有直面日常，才够获得温暖安乐的人间情义。

列文失去了很多，也得到了应得的。

列文，应该就是一个像植物那样生活的人。不争不抢，安静平和。

年轮、落叶、枝干、树皮；低调、隐忍、坚强。这是树。

　　美丽、芳香，人人都喜欢你、赞美你，你却不必去应酬赞叹之人，开花原本是你自身的生命潮涌，和他人无关。这是花。

　　树是僧，花是佛。要学他们，真不容易呢。

　　向动物学习竞争，向植物学习隐忍。

有些时候，有些花儿，不会开了

觉得冷，醒了。拉过被子，浑身裹好。

拿起手机，看看时间，凌晨三点。顺手划拉看新闻，一看标题：家里要有点现金储备，请大家有点心眼！心中一惊，直接跳过不看。再看一条标题：金价再创新高！又跳过。再看：中国深夜揭穿美国十大谎言。放下手机。对自己说：睡觉吧，无论是什么，都到明天再说。

迅速陷入墨汁般的黑暗之中。感谢父母给我的强大神经系统，向来两分钟入眠。

这是庚子年三伏天的一个夜晚。哪里像是夏天呢？天天下雨，夏夜仿佛秋夜一般寒凉。也有热的，那就是紧张又糟糕的世界关系。

庚子年最流行的一句话是：所谓成年人，就是终于明白千难之后还有万难的人。

已经过去半年多了，全世界都很不容易，并且，下半年看来也没有松口气的可能。

好像花儿也过得不轻松。今年夏天，林舍的好几种花儿，花没开好或者压根儿没开花。错过花季的植物，只好打起精神长绿叶，以此来打发本应绽放花朵的美丽时光。作为多年侍养它们的人，我与它们心意相通，我相信自己能看出它们的委屈与无奈。

雨水，本来是老天赐予、滋润植物的恩物，却因为没完没了、太多太滥，导致阳光缺席太久，花朵悄悄离开。没别的，因为今年夏天黄梅雨季超长且超量。

凌霄，种了十年的凌霄，年年花朵满枝；今年，第一次，几乎没开花。凌霄泼辣异常，耐寒耐旱，可承受烈日暴晒，它的花期一般从五月底至八月底，红艳艳贯穿整个夏天。另外，它的根茎十分强大，经常在十米开外的地上突然蹿起小小的凌霄苗。林舍的凌霄依附在石头旁生长，它穿越了石头所有的孔洞，柔韧的枝条如绳索一般缠绕石头内外，可见温柔的坚持无人能敌。

如果是人，凌霄一定是充满野性美的率真女人。凌霄又叫"百日红"呀，和紫薇树开花一样，应该开满一夏呢。今年，只见它在六月初的时候，长过几簇花苞，然后呢，没有然后了，风流总被风吹雨打去，基本没开花。

于是，它密密麻麻地长满了绿叶，来掩饰它没有开花的心事。

夏兰，长得爆盆。年年花箭又粗又壮又多，十几只花箭是它的标配。年年夏天，满室生香。今夏呢，到目前为止，只蹿出一枝孤零零的花箭，又细又长的花箭上开满一串花朵。

　　自然和人为的因素共同造成了今年夏兰开花少。按照惯例，入春之后，林舍的兰花便放在室外，一直到开花时节，才搬入室内赏花。无奈，今年雨水超多，而我呢，依然故我没对夏兰的入室时间进行调整。想来，一方面超量雨水造成花肥流失，另一方面水多徒长兰叶。所以，花朵没来。

　　心里担忧，还有十多棵兰花被我种在小院里，估计因为今夏三伏天的花肥没能跟上，怕是今冬明春都很难开花了呢。亏得是花朵，如果是粮食呢？农业文明的基因，在我的身体里延续，让我自然而然地关注农作物的生长。

　　有些时候，有些花朵，不会开了。

　　它们教会我一个词：无常。好在，还有明年。时间是治愈一切最好的药。

　　什么都会缺席，唯时间不会。

　　写下这些文字的时候，久雨初霁，太阳出来了。虽然三伏天的太阳，人称毒日头，可我开心且安心，这才是夏天该有的样子嘛。

愿世上所有的花都好好地开

五月，有一周的时间，我们没有在家。林舍主人在医院动手术，经过漫长又难熬的一周，我们终于从医院回家了。那天，五月十二日，我们中午到家，外面正下着绵绵细雨。吃了儿子烧的排骨汤、青椒牛柳，我们都觉得好欣慰。儿子已经长大，最关键的，他长成了一个善良又有担当的男子汉，像一棵枝干挺拔、树身笔直的树。

雨停了，去看院子里的花草。绣球，它惊艳了我们的眼球。一周之前，我们离开家，它们还只是小小的绿色花骨朵儿呢。虽然没有开成我们理想中的蓝色，但眼前淡绿、浅粉、浅紫、深紫的绣球花海，美得清新又自然。它们围绕着两株仙风道骨、骨骼清奇的紫薇树，形成了椭圆形的花境，边上，是我们用浅黄和白色的碎宣石为花境勾勒的镶边。

记得，那年和林舍主人一起去的福州的一个公园，极具闽南特色。绕着几棵树，长满了闽南不知名的色彩艳丽的花朵，边上堆满的矮矮的假山石，圈起了花境。当时，我沿着花境绕了好几圈，这一幕深深地印在了我的记忆里。

万事万物，皆是因缘际会。后来，我们买来绣球，打算在院子里种成一条长长的花带。多出了好几十棵绣球花苗，无处安置。闽南的那一幕，从我的脑海里跳了出来。于是，就有了现在紫薇树下的绣球花境。

绣球初开，枝叶尚掩在花朵之下，眼前全是挤挤挨挨的彩色花球，它们随风摇曳，姿态真是美得出奇。于是，剪下花枝，准备插瓶。让我吃惊的是，花枝很短，且都是分杈花开两朵。以往，我家的绣球开花都是在长长的枝头呀。林舍主人说，去年绣球开花之后，他便将花下两叶剪去，以便它长出叉枝；今年刚发芽长叶，他用了两个上午，为绣球打去多余叶芽，保证花枝高处的花芽长大，所以绣球花才开得特别多。

原来如此，恍然大悟。

去年，关于绣球过冬要不要剪枝，我们曾有过一番争论。林舍主人是剪枝技术派，我是自然生长派。后来，院墙下新植的长长的绣球花带全部重剪过冬，留下这片绣球花境未剪。

看来，答案已经有了。冬天可以不剪，但是在花后和枝叶萌发的初春必须剪。这样，便可以花开两朵甚至三朵，便可以成就绣球花海。

"明年，绣球调蓝应该再早些！"这是我们关于绣球的共识。对了，这叫作绣球辛丑共识。其实，绣球带给我们的，不只是视觉上的繁茂与绚烂，还有更深刻的心灵感受和治愈力。

　　林舍的绣球，是绣球中最古老和最普通的品种。它的名字是无尽夏。有很多人和我们一样，在绣球的几百个品种中独爱无尽夏。最近，我看到有本书上说，它们代表爱和真正的情感，它的花语是"你是我的心跳"。

　　无尽夏开花了，意思是：亲爱的，你是我的生命。

　　人和花儿，都在修炼中。

　　也有一些意外的花朵。五月初，枸杞开花了，这盆树抱石形态的枸杞，去年一直状态不好，没想到今年枝条蹿得又多又长，并且开出了一串串美丽的紫色小花。

　　石斛，就用一些苔藓包着根，悬挂在空中任其自生自灭。好几年了，没见它开花。最近，竟然冒出了黄色的花朵。靠近一闻，冷冷的香气，像极了冬天里的蜡梅花。

　　再一看，地上的麦冬，最近正开花呢，虽不起眼，但很让人开心，毕竟是开花了呢。

　　能看见这么多花在开，我们都是有福的人呢。

早春二月，世味甜如蜜

辛丑春来早。还在正月里呢，已是春意盎然。迎春、梅花、杏花、紫叶李、玉兰都争着开花了。天上，也常常花开满天。天上哪会开花呀？会呢。正月里，时不时会有节日的烟花划过夜空，虽然一闪即逝，仿佛昙花一样短暂，却能照亮整个大地，也把人的心里照得亮堂堂、喜洋洋的。

大年初三，下起了太阳雨，几声春雷之后便是春雨，猛地一阵大雨之后又迅速收住，春日暖阳随即展开一个大大的笑脸。太阳雨！我们宅在家里，听着雨声，看着阳光，都有些惊喜，仿佛收到了上天派给的红包。

大年初四，又是春雨阵阵。我们简直欣喜无比。春雨贵如油呢！经历了上千年的农耕社会，我们骨子里都是个热爱土地和植物的农人呢。因为爱植物，便十分关注节令、天气，这和植物的生长休戚相关。

　　大年初七，便是辛丑年的第二个节气，雨水节气，万物生发的时候到了。

　　深受人们喜爱的诗人海子，写下了名句："我有一所房子，面朝大海，春暖花开。"而这句的前面一句是："从明天起，做一个幸福的人，喂马、劈柴，周游世界；从明天起，关心粮食和蔬菜。"你瞧，生活里的诗意就在生活本身，在粮食和蔬菜这些人间烟火里，包裹着浓浓的诗意。你种下什么，就收获什么。

　　那天，雨后，我站在阳光里，用手将杜鹃花开败的花朵一朵朵将去。这个时刻，抬头便是蓝天流云，低头就见雨后地上小水洼仿佛点点碎金碎银。我手里的残花具有丝绸一般柔软的质地，一抹之后，花蕊便露了出来，将手指放进嘴里，滋味是淡淡的甜。这盆高大而花朵繁茂的杜鹃花，是闺密送的年宵花。这已经是第四年了，她每年春节送我一盆杜鹃花。我所能做的，便是用心养护。花开之后，就仔细将去残花，再修剪花枝，还要记得为花株追肥。我想，应该像日本人一样，对它鞠个躬：杜鹃君，辛苦啦！四大盆杜鹃花开，把小院都映得红彤彤的。送花人，是这样的朋友：共同见证和经历了彼此生命中的重大时刻，彼此始终不离不弃，真是让人感恩。花美，花里的人情更美。

　　天暖了，冬天搬到室内过冬的植物可以重新回到阳光下了。我和林舍主人说过好几次了，他总说"不急不急"。他后面的潜台词是：每年你都着急把花搬出去。就在去年，因为倒春寒，早早搬出去的榕树盆景的叶子被冻伤一大片。难道植物也需要春捂秋冻吗？可是，今年真的不同往年，虽说才是早春二月，春色已是十分撩人。过了几天，我悄悄地行动了，把菖蒲一盆盆往外端。

二三十盆菖蒲已经都被我剃过头了，摸着菖蒲齐刷刷的草根，仿佛摸着儿子小时候新剃的小板刷头，心头柔软又喜悦。很多人喜欢在农历四月十四，为菖蒲剃头。因为明代《群芳谱》记载，那天是菖蒲生日。可我总是在每年的立春之后，给菖蒲剃头。何必循古，早春二月，让它的生命重新焕发。菖蒲不过是一盆草。一岁一枯荣，越来越粗的草根里面记录的都是光阴的故事。

　　花草一搬到室外，姿态和气质很快就变了。在室外，花草似乎显得性情开朗，摇曳多姿。没错，因为它们有风陪着，有小鸟、蝴蝶、蜜蜂、蚂蚁做伴儿。而长期置于室内的花草呢，相比之下，容易显得呆头呆脑。最近读了一本长篇小说，里面有一个叫如花的女主人公，像她的名字一样，热爱着花花草草。书里有这么一段文字：如花在家里侍弄她那些花，冬日浇水少，病虫基本没有，她的主要任务是松土，陪花说话，或者放一段舒缓的曲子。冬天，和花说话，让花与音乐相伴就格外重要。

　　乍一看，这段话有着魔幻现实主义的味道。然而，对于一个植物爱好者来说，这段话，实在是恰如其分。还有更过分的呢，在书里，如花能听到花开的声音。她说，牡丹开花是呼呼声，就像着了火一样；月季开花像撑伞似的，"嘭"的一声。合上书页，我直想笑，牡丹花、月季花，我们小院子里都有呢，等它们开花时，我去听听。想到这里，我的心里已经乐开了花儿。

　　今年的大年初一，收到了一个拜年偈子，特别喜欢，分享于此：今朝正月一，万事从头吉。和气暖如春，世味甜如蜜。日月往复来，光阴不相失。

　　早春二月，世味甜如蜜。